어떤 냄새함

어떤 섬세함

이석원 에세이

위즈덤하우스

어느 노부부
이야기

저는 집에서 글을 쓰다가 휴식을 취하기 위해 자주
아파트 앞마당, 그러니까 주차장으로 산책을 나갑니다.
그날도 원고 때문에 골치를 썩이다 바람을 쐬기 위해 나선
참이었죠.

　평소처럼 제가 사는 1동 앞 주차장을 지나 다른 쪽
동으로 막 건너가려던 순간이었어요. 어떤 무척 오래되어
보이는 승용차 한 대가 주차를 하려는가 싶더니 글쎄
가만히 서 있던 제 차를 들이받는 겁니다.

그때 제가 그 광경에 충격을 받았던 이유는 이렇습니다. 보통 주차를 하다가 사고가 나면 대개는 스치듯 경미한 접촉에 그치는 경우가 많잖아요. 그런데 그 차는 제 차 옆구리를 향해 거의 돌진을 하다시피 했으니 놀랄 수밖에요. 무슨 급발진 사고도 아니고, 저는 황당해서 도대체 누가 운전을 이렇게 하나 봤더니 차에서 내린 분들은 머리가 허옇게 센, 나이가 팔순은 되어 보이는 노부부셨습니다.

그래 제가 아이고, 주차를 어떻게 그렇게 하세요. 어디 아픈 덴 없으세요? 하고 먼저 말을 거니 운전자의 부인으로 짐작되시는 분께서 다짜고짜 제게 머리를 조아리며 그러시는 거예요.

미안해요. 저희는 세상에 이 늙은 저희 부부 둘뿐입니다.

그러면서 대뜸 돈 삼만 원을 줄 테니 당신들이 사는 집으로 올라오라는 것이었죠.

운전석 쪽 차 문이 다 움푹 패었으니 돈 삼만 원으로는 어림도 없는 상황이었지만 연식이 물경 수십 년은 되어 보이는 차. 게다가 제가 사는 아파트 단지 내에서도 가장 평수가 작은 곳에서 오직 서로만을 의지하며 살고 계실, 짐작건대 살림살이가 뻔한 분들에게 저는 도무지 제대로 된 수리비를 청구할 수가 없었죠.

그래서 그냥 두시라, 제가 알아서 고쳐 타겠다, 말씀을 드리러 그 집엘 올라갔다가 저는 두 번째 충격을 받게 됩니다.

열린 문틈 사이로 집안을 잠시 들여다보았을 뿐이지만, 그 집은 마치 깊은 산 속에서 길을 잃고 헤매는 조난자들을 위한 대피소 같았습니다.

현관 입구에서부터 양쪽 벽을 가득 메우고 있던 엄청난 양의 라면과 인스턴트 죽, 통조림과 음료수 등 각종 비상식량들. 그 안쪽으로도 역시나 다양한 종류의 배터리와 심장 마사지기, 각종 램프와 공구 등으로 집안이 가득 차 있었죠.

실내는 깨끗하게 정돈되어 있었지만 넉넉지 않은
공간을 이해가 가지 않을 만큼 많은 물건들이 채우고
있는 것을 보고 저는 묻지 않을 수 없었습니다.

아니, 이 많은 물건을 다 쓸 일이 있으세요? 그랬더니
이번에도 사모님께서 그러시는 겁니다.

"대비하고 있어야 해요. 항상. 저희는 저희 둘뿐이라서."

그러면서 한사코 돈 삼만 원을 제게 주시며 사정을
하시는 겁니다. 자기들을 신고하지 말아 달라고.
그 이유도 말씀하셨죠.

노인네 둘이 살기 때문에 누구 하나 잡혀가거나
사고를 당하거나 병원에 입원이라도 하면 생활이
무너진다. (삶의 질서가 깨진다.) 그러니 우리 둘이 그냥
이렇게 살게 도와달라고, 방해하지 말아 달라고, 그분은
제 손을 잡고 말씀하셨던 거죠.

순간, 저는 우연히 만나게 된 한 노인의 참으로 간절한 부탁의 말씀을 들으면서, 예전에 읽었던 어떤 책에 나오는 인물이 문득 떠올랐습니다. 그는 바로 독일의 소설가 파트리크 쥐스킨트의 『비둘기』라는 작품 속 주인공 '조나단'이었죠.

나이 53세. 남자. 부모도 형제도 친구도 없이 근 평생을 홀로 살아가기 위해 아주 작은 방 하나만을 의지한 채 평생 자신만의 삶을 꾸려온 사람.

늘 같은 시간에 같은 일을 하면서, 그저 그렇게 혼자만의 견고한 생활을 구축해 온 것 외에는 달리 바라는 것 없이, 오직 간섭 없는 자기만의 삶의 질서를 지키고 싶어 했던 그.

하지만 어느 날, 생각도 못 한 불청객(비둘기)이 자기 집 문 앞에 나타나는 바람에 그 모든 평온했던 삶에 엄청난 균열이 생겨 버린, 가엾은 우리의 주인공.

결국 저는 그 노부부의 삶의 질서를 깨는 비둘기가 될

수는 없었기에 받은 돈 삼만 원을 돌려드리며 그분들을
안심시켜 드리고는 그 집을 나섰습니다. 저 역시 저만의
삶의 룰을 애써 만들고 지켜온 사람인지라, 그게
깨어질까 걱정하는 마음을 너무 잘 알 수 있을 것
같아서였죠.

○

참, 제 소개가 늦었습니다. 저는 십오 년 전에 첫 책을 낸
뒤 이제 막 여덟 번째 작품을 낸 작가. 혹은 에세이스트,
혹은 조나단과 동갑인 올해 쉰세 살 먹은 남자입니다.
앞서, 제가 만난 어느 노부부와 소설 속 주인공 조나단의
이야기를 드린 것은, 그들의 삶이 저와 혹은 어떤
면에서는 여러분의 그것과도 별반 다를 것이 없지 않은가
하는 생각 때문이었습니다.

왜냐하면 지금 이 글을 읽고 있는 분들은 대부분
어른이실 테니까요.

저는 어른의 삶과 아이의 삶이 다르기 때문에 그 둘의
행복 또한 다르다고 생각합니다. 너무 단순하게 접근하는
것 같아 미안하지만, 아이들은 그저 재미있고 신나고
맛있으면 행복합니다. 친구들과 게임하고 엄마 아빠랑
좋은 시간 보내면 행복하죠.

하지만 어른들의 행복의 조건은 어쩌면 그것보다 더욱
단순한데요.

어른들은 일단 마음속에 걱정거리가 없어야 행복이든
뭐든 가능합니다. 그래서 마음에 걸리는 것 없이 잠자리에
들 수 있으면 그게 최고의 평안이자 행복인 것이 바로
어른의 삶이요 행복의 조건인 것이죠.

물론 그 단순한 조건을 충족시키는 일은 결코 단순하지
않습니다.

바로 그래서, 저는 어릴 적 비교적 간단했던 행복의
조건을 지녔던 우리가, 어쩌다 이렇게 지켜야 할 것들이
많고, 왜 그리 작은 침범에도 무너지고 마는 허약한
사람들이 되고 만 것인지, 왜 지금의 우리는 마음의

평화를 누리기가 그토록 어려우며 왜 그리 자주 불안을
느끼고 스트레스를 받는지, 하여 진정으로 우리가
중요하게 여겨야 할 것은 무엇인지 등의 이야기를 하고
싶어 이 책을 썼는지도 모르겠습니다.

○

언젠가 어떤 이가 제게 물었습니다.

유명하고 잘나가는 이들도 '불안'이란 감정을 느낄까요?

저는 일 초의 망설임도 없이 그렇다고 답해 주었습니다.
왜냐하면 적어도 제가 만난 그 어떤 대단한 사람도 어떤
종류든, 불안에 시달리지 않는 경우는 본 적이 없었기
때문입니다.
이렇듯 우리가 누리는 평온함이라는 것은 실상 언제
깨어질지 몰라 불안한, 아주 얇은 유리 한 장 같은
것인지도 모릅니다. 조나단은 평생토록 일군 자신의 삶에

만족한 듯 보였지만, 실상 그가 이룬 모든 것은 그저 어느 날 갑자기 등장한 새 한 마리에 의해 박살이 나고 말 정도로 허약했던 것처럼요.

모쪼록, 저는 이 책을 통해 사람들과 어른으로서 살아가는 우리 삶에 내재되어 있는 어떤 불안과 공포에 대해, 또한 지키고 싶고 지켜야만 하는 우리 일상과 여러 소중한 것들에 대해 이야기 나눌 수 있었으면 합니다.

그 과정을 통해 조금이라도 더 우리의 삶이 예전처럼 단순해질 수 있기를 바라면서요.

그러니 적어도 이 책을 다 마칠 때까지는 모두 불안 없이 평안하시길.

2023년 11월
멀리서 이석원 올립니다.

차례

2부 삶은 정말로 단순하지 않다

3부 이렇게 또 누군가와 엇갈리고 만 것이다

4부 누구나 자기만의 지침이 있다

1부

다
두려움의

덕이었다

5분

신경주역에서 서울로 향하는 KTX의 출발 시간은 오전 11시 55분이었다.

경주에 이틀 머무는 동안 직접 운전하고 다니던 차를 역사 근처에 있는 렌트카 회사에 반납하고, 역에 도착한 시간이 정확히 11시 30분. 출발하기까지는 꼭 25분이 남은 셈이었다.

나는 그 시간 동안 무엇을 할까 잠시 고민하다 역사 바로 입구에 있는 한 음식점에 눈길이 다다랐다.

우동과 돈가스 등을 파는 그 식당 벽면엔 '어떤 메뉴든 5분 안에 완성'이라는 글귀가 대문짝만하게 쓰여 있었다.

저 말대로라면 주문한 지 5분 안에 나온 우동 한 그릇을 충분히 여유 있게 먹고 나서도 열차에 탈 시간이 무리 없이 확보된다는 것 아닌가.

아마 나처럼 열차 시간에 맞추기 위해 밥을 제때 챙겨 먹지 못하고 나온 사람들을 공략하기 위한 선전 문구 같았는데, 정말로 그 문구는 손님들을 자기네 식당으로 끌어들일 만한 충분한 이유를 제공하고 있었다.

덕분에 홀가분한 마음으로 식당엘 들어가 미소 라멘 한 그릇을 주문한 뒤 가게 입구 쪽 테이블에 자리를 잡고 앉을 때까지만 해도 기분이 참 한가롭고 좋았었는데.

잠시 후 주방 안쪽에서 뭔가 심상치 않은 소리들이 들려오기 시작했다.

"유리 엄마 오라 그래. 빨리. 왜 이렇게 연락을 안 받는 거야."

홀이 한 열 평쯤 됐을까? 가게 안엔 나처럼 음식을
주문한 뒤 나오기를 기다리는 손님들이 두세 테이블 정도
있었는데, 주방 안에서는 그마저도 소화하기가 벅찼던지
뭔가 다급하게 조리 인력의 충원을 요청하는 것 같았다.

그러니까, 이 급한 상황이 '유리 엄마'라는 분이 와야만
해결이 되나 본데 하필 그분은 연락이 되질 않고, 그분을
부르러 누군가 가자니 그나마 없는 인력에 더욱 구멍이
생기게 되는, 짐작컨대 5분 안에 완성을 장담하던 그
식당의 주방 안은 한마디로 총체적 난국이었던 것이다.

단지 주방에서 들려온 몇 마디 말로 내가 파악한
상황이 맞다면, 애초 내가 이 식당엘 들어온 이유는 이젠
의미가 없어져 버리는 셈이었다.

아니나 다를까, 주문한 지 5분이 훌쩍 넘었건만 음식은
불길한 예감 그대로 나오지 않았고, 시간은 7분을 넘어
8분, 9분을 향해 가고 있었다. 나는 내게 남은 시간이
점차 줄어드는 것을 확인하면서, 그나마 남은 시간을
어떻게 배분해야 식사도 하고 열차도 제때 탈 수 있는지를

반복해서 시뮬레이션 해보기 시작했다.

　어찌 됐건 음식이 10분 안에라도 나오면 서둘러 먹고
열차를 타러 가기엔 충분한 시간이라고 거듭 스스로를
달랬지만, 마음이 급해지는 것까지는 어찌 막을
도리가 없었다.

○

　생각을 해봤다. 아주머니들 몇 분이 모여 조촐하게
운영하고 있을 것으로 짐작되는 그저 작은 식당이었다.
그런 곳에서, 손님 하나라도 더 끌어보겠다고 내건 저 '5분
안에 전 메뉴 완성'이라는 한마디 문구에 과연 이분들은
얼마나 책임감을 가져야 했으며 나는 또 그걸 얼마나
믿었어야 했던 것일까.

　대기업도 아닌 이 작은 식당에다 대고 말이다.

　아침 식사로 내가 선택한 미소 라멘이 나오길 기다리는
동안 나는 그런 생각들로 머릿속이 분주했고, 시간은

어느새 5분을 지나 10분을 넘어 12분을 향해 가고 있었다.

식당 주방에서 음식을 만드는 다 내 누님 같고 어머님 같은 분들에게 독촉을 하기는 싫었거니와 짜증을 내기는 더더욱 싫었다. 그렇지만 이렇게 쫓기는 상황에 처하는 것을 워낙에 싫어하는지라, 시간이 흐를수록 마음이 초조해지는 것까지는 도무지 숨길 도리가 없었다.

1초 1초… 시간이 흐를수록 나도 모르게 애끓는 표정으로 주방 안쪽을 쳐다보는 일이 잦아지자, 그런 나를 본 식당 직원들은 하나 같이 입으로는 그 문제의 유리 엄마를 찾으며 손은 손대로 더욱 분주해지기 시작했다.

그리하여 주방 앞에서 주문을 받던 분이 나와 주방을 계속해서 번갈아 쳐다보길 얼마나 지났을까. 주문한 메뉴는 결국 애초 약속된 5분이 아닌 14분 만에 나의 테이블에 도달하였고, 나는 그것을 4분 안에 먹기로 결심하고선 일단은 인스턴트 된장이 풀어진 국물을 한 숟가락 떠서 입에 넣었다.

따뜻한 것이 식도를 거쳐 몸 안으로 스며들자 비로소
긴장으로 쪼그라들었던 마음이 스르르 녹아 나는 다시
어느 정도의 여유를 찾을 수 있었다.

무엇보다, 어서 나오기만을 바라느라 정작 큰 기대는
하지 않았던 맛이 괜찮았기 때문에, 나는 더욱 만족하며
부지런히 수저를 놀렸다.

○

그렇게, 나는 계속 시계를 보면서 미리 계산해 두었던
대로 4분 안에 대충 허기를 때웠고, 정신이 돌아오자
그제서야 나 때문에 신경 쓰고 긴장했을 아주머니들이
조금쯤 안쓰러워지기 시작했다.

그분들이 손님들에게 약속한 내용이긴 했지만 그토록
애타게 찾았던 '유리 엄마'만 계셨더라도 오늘 같은
상황은 벌어지지 않았을 것이다.

더구나 손님 수가 항시 일정하질 않은 가게에서 추가
인력을 내내 배치해야 하는 상황이 가게 운영에 얼마나

부담이 되는지를 −장사를 해본 사람으로서− 아는
나로서는 더 마음이 쓰일 수밖엔 없었다.

　나는 이런 상황에서 내가 자주 택하고, 그저 할 수 있는
최선의 방법을 쓰기로 했다. 다름 아닌 주방 깊은 곳까지
다 들리도록 큰소리로 잘 먹었다, 감사하다 인사를 하고
가게 문을 나서는 것.

　내가 그것을 행하자 아주머니들은 역시나 내게 음식이
늦게 나간 것이 신경 쓰였던지 그제야 표정이 환해지며
감사하다고, 잘 가시라고 나의 인사를 받아주셨다.

○

　왜 그런지 나는 이런 소동이라면 소동을 살면서 종종
겪는다. 이번에도, 아무도 모르게 내 마음속에서만
벌어졌던 또 한 번의 작은 소동이 걱정과는 달리
해피엔딩으로 끝나 다행이라 여기며 가게 문을 나서는데,
바로 그때, 역 로비에 있던 한 무리의 젊은 여성들이
이렇게 소리치며 가게 안엘 무더기로 들어서고 있었다.

"얘들아. 여기 5분이면 음식 나온대. 그럼 우리 밥 먹어도 열차 탈 수 있겠다."

"와, 좋다. 좋다. 그럼 여기서 얼른 먹고 가자."

나는 어서 그 식당에 유리 어머님께서 도착하기만을 기도하며 내가 타야 할 4번 탑승장으로 바삐 걸음을 옮겼다.

어떤 이의

꿈

집 근처에 널린 편의점을 놔두고 굳이 길 건너 허름한
구멍가게를 찾는 친구가 있었다. 하루는 물건도 많지 않고
거리도 먼 곳을 굳이 왜 고집하느냐 물었더니 친구는
말했다. 그 가게 주인아저씨 표정이 좋아서 가게 된다나?

　친구는 손님이 많으나 적으나 날씨가 흐리거나 맑거나
자기 직업이 작고 허름한 가게 주인이건 아니건, 늘 웃으며
손님을 대하는 그 집 사장님을 보면 자기 기분까지
좋아진다면서 활짝 웃었다.

아, 그렇구나. 나는 이해했다. 친구가 불편함을 감수하면서까지 그 작고 먼 곳엘 가는 이유를. 하지만 녀석이 뒤이어 덧붙인 말에는 동의하기가 조금 어려웠다.

친구는 그 사장님의 표정이 항시 활기가 넘친다는 이유로, 그분이 자기 일을 진심으로 좋아서 하는 게 틀림없다고 했지만 내 생각은 달랐다.

누구든 겉으로 드러나는 표정만으로는 알 수 있는 게 많지 않은 법이다. 그분이 정말 자신의 일에 만족하고 행복해서 늘 그렇게 웃음을 짓는지, 단지 직업적으로 손님들에게 좋은 모습을 보이기 위해 끊임없이 노력하고 있을 뿐인지 우리가 어찌 알겠는가.

타인인 우리가 할 수 있는 건 그저 추측밖엔 없을 텐데 말이다.

○

영화 〈삼진그룹 영어토익반〉에 나오는 삼진그룹의 어떤 여성 직원들은, 남성 직원들에게 커피를 타다 주고 온갖 종류의 담배 심부름을 하고 심지어 더러운 구두 심부름까지 하면서도 늘 웃고 있다. 앞서 말한 친구의 말대로라면 이 사람들도 늘 웃고 있으니 자신의 삶과 일에 만족하고 있다고 여겨야 할까? 모르긴 몰라도 만약 그랬다면 같은 처지에 있는 직원들끼리 똘똘 뭉쳐서 새벽마다 영어 공부에 열을 올리는 일 같은 건 하지 않았을 것이다.

그렇다. 무려 8년째 승진 없이 말단 사원으로만 일하던 삼진그룹의 상고 출신 여성 직원들은 토익 600점을 넘기면 대리가 될 수 있다는 회사의 약속에 새벽마다 토익 공부에 매진하게 되는데, 그 장면을 보면서 나는 이런 짐작을 하나 했다. 어쩌면 지금 저렇게 꼭두새벽부터 일어나 자기개발에 매진하는 저 사람들이, 반드시 같은 꿈을 꾸어서 뭉친 것은 아닐지도 모른다고 말이다.

무슨 말인가 하면, 저 중 어떤 이의 꿈은 매우

구체적이고도 분명해서 자신이 대리가 되면 해보고 싶은
사업 아이디어가 몇 개쯤 있을지도 모르고, 그렇게 자기를
개발해서 자기 삶을 자기가 주도하겠다는 명확한 목표가
있는 경우도 있을 것이다.

그렇지만 또 어떤 사람은 그저 대학 나온 직원들의
수발을 들어야 하는 자신의 처지가 싫어서, 남의
잔심부름 같은 것이나 하며 살고 싶지는 않았기에 공부에
열심인 사람들도 있지 않았을까?

사람이라고 해서 누구에게나 꿈이 있고 하고 싶은 일이
있는 건 아니지만, 하고 싶지 않은 일은 정말로 예외 없이
누구에게나 언제든 있기 마련이니 말이다.

당신이 어디에서 무얼 하는 사람이든 간에, 한번 자신의
머릿속을 들여다보면 알 것이다. 당장 하고 싶은 것과 하고
싶지 않은 것 중 어떤 게 더 월등히 많은지.

"작가님, 저는 지금 얼른 퇴근해서 집에 가고 싶어
미치겠는데요?"

라고 누군가는 내게 반문할 수도 있겠지만, 우리는 알고 있다. 퇴근해서 집에 가고 싶다는 마음은 무엇을 하고 싶은 마음이라기보다는 하고 싶지 않은 마음에 더욱 가깝다는 걸.

그 사람이 원하는 건 꼭 집이 아니라 단지 오늘은 하기 싫은 일을 그만하고, 나를 가두어 둔 이 답답한 공간에서 속히 벗어나고플 따름이라는 걸.

○

이렇듯 일상의 매 순간뿐 아니라 삶의 중요한 길목에서도 사람은 뭔가를 하고 싶다는 마음보다는 하고 싶지 않다는 마음이 더욱 크고 강력한 행위의 동력이 될 때가 많다. 꼭이 부자가 되고 싶다기보다는 그저 가난을 벗어나고 싶은 마음이 더 클 수 있는 것처럼 말이다.

그래서 나는 아픈 사람들을 돕고 싶다는 의사로서의 거창한 포부보다는 단지 명절날 차례상 차리는 일 거드는

게 싫어서 의대에 갔다는 친구도 봤고(정말 그게 이유의
전부는 아니었겠지만) 나 역시 첫 책이 많이 팔려서
다시는 마감이 있는 글은 쓰지 않게 되길 바라는 마음을
가진 적이 있었다.

'뭘 하게 해 주세요.'가 아니라 '뭘 안 하게 해 주세요.'에
더 가까운 소원이었다고 할까.

○

세상은 내게 사람은 누구나 꿈과 목표 같은 게 있어서
어떡하면 그걸 이룰 수 있는지, 그걸 이루기 위해 지난한
노력을 거듭하는 일이 얼마나 숭고하고 아름다운지에
대해서는 너무나 많은 이야기를 들려주었다. 뭔가에
미쳐서 평생을 바친 사람들의 이야기가 그랬고, 대를
이어 한 가지 일에 매진하는 장인들의 이야기가 그랬고,
역경을 이겨내고 꿈을 이룬 수많은 사람들의 이야기가
그랬다. 티비와 책과 영화를 통해, 하고 싶은 일이 있는

사람들에 관한 이야기는 얼마든지 넘쳐 났고 언제나 환영
받았던 것이다.

하지만 보다 현실적인 이야기, 이를테면 나처럼 이렇다
할 꿈 같은 건 없어도 하고 싶지 않은 일은
비교적 명확하게 있는 사람들에 대한 이야기는
어디서든 잘 찾아볼 수가 없었다.

만약 그런 게 있었다면 왜 하고 싶지 않은 일을
참고 해야 하는지, 참는다면 언제까지 참아야 하는지,
아니라면 어떻게 해야 원치 않는 일을 하지 않을 수
있는지 등에 관한 문제의 해답을 그렇게 오래 찾아
헤매지 않아도 됐을 텐데.

덕분에 난 남들처럼 하기 싫은 것도 하면서 살아야
한다고, 그게 어른이라고 늘 스스로를 다그쳐 왔지만 그런
강요가 너무 오래 지속되면 자신에 대한 학대가
될 수도 있다는 사실은 미처 알지 못한 채로 살았다.

나는 지금 술에 취해 자고 싶어 미치겠는데 씻으러
욕실에 가야만 하는, 귀찮아 죽겠는 상황을 말하는 게

아니다. 나는 지금 이를테면 사람들과 어울리는 일을 그렇게 어려워하면서도, 그래도 나가서 사람들을 만나야 한다고 스스로를 떠민 세월이 얼마나 길었는지에 대해서 말하고 있는 것이다.

꼭 많은 사람들과 교류하며 살 필요는 없었는데. 그저 마음 맞는 소수의 사람들과 소통하며 지내도 충분했는데.

하지만 나는 나를 원치 않는 상황으로 자꾸만 떠밀었고, 그렇게 하고 싶은 대로만 하면서 살 수는 없다는 믿음에서 스스로를 구해내기까지는 참으로 오랜 세월이 걸렸다. 어릴 적 선생님들의 말씀과는 달리 꿈이나 목표, 또 하고 싶은 일 같은 이상적인 가치들이 누구에게나 주어지는 건 아니라는 사실을 알게 된 후로, 더 이상 존재하지도 않는 걸 찾아 헤매는 대신 인생에서 보다 현실적이고도 중요한 문제에 더 신경을 쓴 덕분이었다고 할까.

내 삶의 질을 떨어뜨리다 못해 영혼까지 갉아먹는, 하고 싶지 않은 일을 하지 않아도 될 자유를 획득하는 일에 말이다.

○

그리하여, 내가 평생을 통해 얻어낸 귀하디귀한 자유의 목록들은 다음과 같다. 나는 서른여덟에 더는 마감이 있는 글을 쓰지 않아도 되는 자유를 얻었고(그 자유가 언제까지 갈지는 모르겠지만) 마흔다섯 즈음에는 더는 원치 않는 자리에 나가 원치 않는 사람들과 어울리지 않아도 될 자유를 스스로에게 부여 했으며(물론 어느 정도 생활이 외로워지는 것은 감수해야 했지만) 놀랍게도, 그토록 싫어하던 집안 제사, 차례 지내는 일에 참석하지 않아도 될 자유를 얻는 데에는 무려 51년이란 세월이 걸렸다.
(그나마도 코로나 덕분이었지만)

아마도 그래서, 나는 삼진그룹의 직원들이 꼭 어떤 구체적인 꿈이 있어서가 아니라 단지 다른 사람 담배 수발 같은 걸 들면서 살고 싶지는 않다는 그 마음. 남이 신던 더러운 구두 손에 들고 구둣방 들락거리는 일 같은 것 더는 하고 싶지 않다는 그런 마음이, 그건 그것대로 얼마나 숭고하고 얼마나 현실적인 열망인지를 알기에, 영화를 보는 내내 그들에게 하지 않을 자유가 주어지길 열렬히 응원했는지도 모른다.

살면서 하고 싶은 일을 하는 것은 중요하다. 그러나 하고 싶지 않은 일을 하지 않는 것은 어쩌면 더 중요하다.

그래서 난 언제부턴가 스스로에게 '너 뭘 하고 싶냐.'고 묻는 만큼 '뭘 하기 싫으냐.'고도 자주 묻는다.

내게 하지 않을 자유를 획득하는 일은 누군가 꿈과 목표를 이루는 것만큼이나 중요하기에.

풍경의

진실

모처럼 휴가를 내 제주도를 찾았다. 여행을 그리 많이
다니지 않아서 그랬을까. 참 무지하게도 섭지코지와
성산일출봉을 분간하지 못했던 나는 직전 갈림길에서야
겨우 그 사실을 깨닫고는 어쨌든 목적지에 무사히 다다를
수 있었다.

　높은 곳 꼭대기에 올랐을 때 느껴지는 성취감 비슷한
감정을 좋아하기에, 힘겹게 어딘가에 오르는 일을
좋아한다. 나이를 먹어도 여전히 내 몸이 제대로 작동하고

있다는 것을 느낄 때 드는 안도감도 좋고 몸을 쓰면
찾아오는 피로감도 쾌감으로 인식해 좋아하는 편이다.

평지를 180미터 걷는 것은 아무것도 아닌 일이지만
가파른 돌계단을 통해 180미터 높이의 어떤 곳에 오르는
건 전혀 다른 얘기다.

나는 행여 거센 바닷바람에 춥기라도 할까 챙겨 입고
올라갔던 옷들을 빠르게 벗어가며 마침내 성산일출봉
정상에 올랐다.

억새풀이 가득한 너비 8만 평에 이르는 분화구.
그 분화구를 호위하듯 둘러싸고 있는 99개의 바위로 된
봉우리들. 그 모든 것들을 감싸고 있는 제주의 바다와
그것을 보고 있는 나.

○

풍경은 언제나 나를 말로 다할 수 없는 감정에 닿게
한다. 일부러 시간을 내서 비행기 티켓을 끊고 공항 수속

등 갖은 절차를 거쳐 비행기와 다시 버스와 승용차를 몇 번씩 갈아타고 오는 수고를 감내하지 않았던들 맛볼 수 없었을 장관 앞에 가슴 벅차하고 있는데, 문득 눈에 들어오는 또 다른 모습들이 있었다.

내 주변의 어른들은 하나같이 나처럼 눈 앞에 펼쳐진 풍경 앞에 감탄을 하고 있는데 그 어른들이 데리고 온 아이들은 약속이나 한 듯 입이 댓발로 나와서는 그만 내려가자고 성화들을 하고 있는 것이었다.

노란색 벙거지 모자를 쓴 어떤 아이의 어머니는 아이가 보채는 것을 달래느라 못내 이 순간을 온전히 즐기지 못하는 것이 속상한 듯 얼굴엔 아쉬움이 가득해 보이기도 했다.

하지만 추정컨대, 저 어머니도 나도 지금 투정을 부리는 저 아이들만한 나이 때부터 이렇게 풍경의 대단함과 소중함을 안 것은 아니었을 것이다.

어디선가 들은 말인데 젊은 사람들은 움직이는 것에 마음이 끌리고 나이 먹은 사람들은 멈춰 있는 것에 더 시선이

간다고 한다.

젊어서는 뭔가 역동적으로 움직이는 것, 뭔가 화려하고
변화무쌍한 것들에 눈길이 간다면 나이를 먹을수록
길가에 묵묵히 서 있는 풀 한 포기 나무 한 그루에 더
눈길과 마음이 간다는 뜻일 테다.

그 말에 어떤 과학적 근거가 있는지는 모르겠지만
적어도 나는 꽤 그럴싸한 주장이라고 느꼈다.

나 역시 길가에 당연한 듯 서 있던 꽃과 나무들이 달리
보이기 시작한 건 나이 마흔이 다 되어서부터였는데,
저절로 그리된 건 아니었다. 어느 날 가까운 친구가
유방암 진단을 받았는데 친구는 나를 배려한답시고
그 사실을 무려 수술실에 들어가기 직전에야 전화를
걸어 알려 왔다.

덕분에 친구가 수술을 받는 동안, 또다시 소중한 이를
잃을지도 모른다는 생각에 황망해하며 집 바깥으로
나와서는 마주쳤던 거리의 가로수들. 그리고 그 옆
도로변에 터를 잡고 살아가고 있던 온갖 이름도 모를
작은 꽃들은 어쩜 그리도 생기 있고 아름다워 보이던지.

그러곤 얼마 지나지 않아 나 역시 평생 고칠 수 없다는 어떤 병이 내게 찾아 왔음을 처음 의사로부터 들었을 때, 병원 건물을 나와 문득 올려다본 하늘이며 구름은 또 왜 그리 가슴이 시리도록 아름답던지.

어쩌면 이런 아름다움쯤, 평생 모르고 사는 게 좋았을지도 몰랐는데 말이다.

○

언젠가 어떤 독자가 내게 '작가님 삶의 원동력은 무엇인가요?' 하고 물은 적이 있다. 그때 나는 주저 없이 어머니입니다, 하고 대답했는데, 왜냐하면 어머니는 이 세상 모든 유한한 것들의 상징이기 때문이다.

나는 어려서부터 지금까지 거의 평생토록 어머니의 부재를 걱정하고 두려워해 왔지만, 아이러니하게도 바로 그 두려움 덕분에 어머니와 보낸 시간들이 애틋할 수 있었다. 세상 모든 것에는 끝이 있고, 그래서 지금 이

순간도 한 번뿐이라는 사실은 나로 하여금 그 한 번뿐인
인생을 최선을 다해 살게 하는 원동력으로 작용했다.

　누구를 만나 얼만큼 사랑하든 언젠간 헤어져야 한다는
사실. 제아무리 아름다운 꽃도 끝내는 시들고 만다는
피할 수도 막을 수도 없는 사실. 뿐인가. 내게 주어진 이
육신과 영혼 또한 결코 영원한 것은 아니라는 그 모든
바꿀 수 없는 사실 앞에 나는 하루하루 최선을 다하고,
어느새 금새 져버릴 벚꽃을 보러 갈 생각에 조바심을
내고, 별인지 꽃인지 분간할 수 없을만큼 아름다운
철쭉을 보며 황홀해하는 어른이 된 것이다.

　다 두려움의 덕이었다.

○

　그렇게 처음, 꽃과 세상의 아름다움과 소중함에 눈뜬
서른여덟 이후로, 다시 또 짧지 않은 세월이 흘렀다.

얼마 전, 서촌에서 일 때문에 약속이 있어 아는 분과 점심식사를 하고는 주차장으로 가는 길이었다.

그런데 그때 내가 왜 그랬을까.

경복궁 근처 횡단보도에 한복을 차려입고선 신호를 기다리는 한 떼의 사람들이 있었는데, 나는 홀린 듯 그 사람들 틈에 섞여 나도 모르게 고궁을 찾고 만 것이다.

그러자 내 눈앞에 펼쳐진 놀라운 풍경들.

기후 변화로 4월에 서둘러 피어버린 경회루 근처의 수양 벚꽃과 갖은 나무들 하며, 바라보기만 해도 마음이 고요해지는 연못과 색색의 옷을 입은 사람들이며 정말이지 그 모든 것들이 자아내는 풍경이 얼마나 아름답던지.

나는 마치 서울에 처음 와본 외국인 마냥 연신 감탄사를 뱉으며 가슴 벅차하다가 문득 궁금해졌다.

왜지? 왜 아름다운 것들을 보며 걷는 이 순간이 이렇게까지 벅찰 정도로 소중하고 행복한 거지?

왜 시간이 가면 갈수록 풍경이 더 좋아지는 거지?

그건 아마도, 처음 풍경의 소중함과 아름다움에 눈뜬 이후로 또다시 흐른 시간만큼, 정말 딱 그만큼, 언젠가 다가올 '끝'에 내가 조금 더 다가섰기 때문은 아닐까.

그렇다면 앞으로 5년이 흐르고 10년이 흐르면 또 그만큼 더 풍경이 황홀해지려나?
지금도 이렇게 굉장한데 여기서 더?

모르겠다. 어쩌면 나는 이 세상 아름다움의 진실을 영영 모르고 사는 게 좋을 뻔했는지도 모른다.

나 빼고
다른 사람들은 다

　　　　잘 사는 것
　　　　같아서

무대에서 노래하는 가수가 객석의 어느 한쪽을 바라보면,
그 눈길이 향하는 지점에 있는 관객들은 저마다 자신이
가수와 일대일로 눈을 마주쳤다고 생각하기 쉽다.
　하지만 정작 그 가수의 눈에는 객석에 누가 앉아
있는지 보이지 않는 경우가 많은데, 노래하는 동안 앞이
안 보일 정도로 강한 조명이 가수의 얼굴을 정면으로
비추고 있기 때문이다.

우리는 살면서 다양한 형태의 삶의 착시를 경험한다.
운전을 하다 접촉 사고가 나서 사고 현장 근처 카센터엘
갔는데 하필 상대 차주가 잘 아는 곳이었다. 그래서 나는
카센터 사장과 꽤나 친해 보이는 상대 차주를 보며, 행여
둘이 작당이라도 해서 수리비가 과다하게 나오지는
않을까 내내 불안에 떨어야 했다.

그런데 일이 마무리되고 상대 차주도 떠나고 난 뒤,
알고 보니 그 사람은 그곳 카센터의 단골이 아니라 그날
처음 온 손님임을 알았을 때의 허탈감이란….

그러니까, 둘 다 보험사의 신세를 질 마음은 없어
수리비가 얼마나 나올지 알 수 없는 상황에서, 그도
나만큼이나 불안했기에 처음 보는 사장에게 마치 자주
보는 단골인양 친한 척을 하면서 나의 착시를 유도했던
것이다.

서로 불안하기는 마찬가지였는데 말이다.

그날 저녁, 나는 집으로 돌아가 습관처럼 야구 경기 중계방송을 보았다. 내가 응원하는 팀이 내내 앞서다 기어이 한 점 차로 따라잡히는 바람에, 이제 투수가 안타라도 하나 맞으면 경기가 어찌 될지 몰라 초조해하고 있는데 바로 그때였다. 해설을 하던 김성근 감독이 이런 말을 하는 것이었다.

"타자도 지금 쫓기는 건 똑같습니다. 자기가 안타를 못 치면 팀이 지는 거니까요."

그 말을 듣는 순간, 나는 불현듯 낮에 카센터에서의 일이 생각났다. 사실 단골이라고 할 것까진 없었지만 나도 전에 그곳에 몇 번 간 적이 있었다. 그래서 상대 차주가 나를 그곳으로 데려갔을 때 마침 잘됐다 싶어 사장과 인사를 나눈 건데, 그 모습을 보고 나를 그곳 단골로 오인한 상대 차주는 그만 처음 보는 사장과 친한 척 연기를 했던 것이었으니….

결국 둘 다 그곳의 단골이 아니었음에도 서로를 단골로 착각하여 둘 다 불안해져 버리고 말았던, 웃지 못할 해프닝이 벌어지고 만 것이었다고 할까.

○

그날 그 일 이후로, 내가 쫓기면 상대도 쫓기기 마련이라는 김성근 감독의 말은, 살면서 내가 누군가로 인해 불안해지거나, 누가 부럽거나, 어떤 이유에서든 위축되는 것 같은 기분이 들 때마다 적지 않은 위안이 되어주었다.

나나 상대나, 어차피 우리 모두 비슷한 처지라고 생각하면, 어차피 다들 나만 불리한 것 같고, 내가 가는 차선만 느리게 가는 것 같고, 나 말고 다른 사람들은 다 뭐든 잘 해내는 것 같은 기분이 드는 게 우리 모두의 공통적인 착각이라고 생각하면, 마음이 한결 가벼워지는 기분이 들었기 때문이다.

언젠가 야근을 거듭하다 회사로부터 포상조로 법인
카드를 지급 받은 친구를 따라 저녁을 먹으러 간 일이
있었다. 친구는 고민 끝에 평소 가보고 싶어 했던 특급
호텔의 이름난 중식당을 골랐는데, 두 사람이 코스
요리라도 시키면 물경 수십만 원은 나오는 그 식당은
이른 저녁부터 손님들로 만원이었다.

그 모습을 보며 친구는 가기 전의 들뜬 모습과는
달리 뭔가 의기소침해진 듯하더니 이렇게 중얼거리는
것이었다.

"세상에, 돈 많은 사람들이 이렇게 많은가 봐. 이 비싼
집에 저렇게 아무렇지들 않게 와서 음식을 시켜 먹고
있으니 말이야. 난 누가 법인 카드나 내줘야 먹지, 내 돈
내고는 평생 이런덴 다신 못 와볼 텐데."

친구가 풀이 죽어 그런 넋두리를 하던 순간,
언젠가 야구 경기를 보다 김성근 감독을 통해 들었던
보약 같은 말이 생각나 친구에게도 그 말을 그대로

들려주었다.

  "왜 그렇게 생각해. 오늘 여기 온 손님 중에도 우리처럼
회사 카드로 오거나 특별한 날이라 모처럼 작정을 하고
오거나 무슨 이벤트 같은 걸로 할인 받아서 온 사람들도
많을걸. 후기에서 봤을 거 아냐.
  다른 사람들이라고 해서 다 아무런 부담 없이 이런
곳에 오는 건 아닐 거야."

  내가 김성근 감독의 말을 처음 들었을 때처럼 친구도 내
말에 위안을 받았는지는 모르겠다. 다만 나는 그것만은
분명히 알 수 있었다. 지금 이 식당 안의 손님들 중에는
우리가 회사 법인 카드를 받아서 온 사람들이라는 걸
아는 사람은 아무도 없다는 것을. 그래서 우리는 그렇게
늘 서로가 서로를 부러워하며 사는 일이 가능하다는 것을.

  나 빼고 다른 사람들은 다 잘 사는 것 같아서. 그게
착각이라는 사실을 알지 못해서.

착한

사람

새로 이사 온 사람인 것 같았다. 모습이 낯선 어떤 사람이 주민들 뻔히 다니는 좁은 길 벤치에 앉아서 담배를 피우고 있었다. 흡연 구역이 어딘지 아직 파악하지 못한 것일까?

그렇다 해도 코앞에서 사람들이 오가고 있는데 어떻게 저렇게 버젓이 담배 피울 생각을 하고 있는지.

그렇게, 며칠 전 내게 못마땅한 기억을 안겨준 그 사람을 오늘 또 보았다. 내가 사는 아파트 단지에는 길냥이 몇 마리가 터를 잡고 살고 있는데, 아주머니 몇

분이 평소처럼 그 아이들에게 간식을 주며 놀아주고 계신 참이었다.

나는 마침 근처를 지나고 있었는데 그때였다. 며칠 전 사람 다니는 길에서 담배를 피워 내 미간을 찌푸리게 했던 그 사람이 저만치서 자기 개를 끌고 이쪽으로 오고 있는 것이 아닌가.

저 사람이 만약 이대로 계속 다가오면 고양이들은 낯선 사람과 개의 등장에 놀라 이내 흩어질 것이고 아이들의 평화로운 간식타임도 끝날 게 뻔했다.

○

나는 집에서 글을 쓰다 머리를 식히러 자주 아파트 앞 마당으로 산책을 나온다. 마당이래 봤자 절반 이상은 빈 차들이 서 있는 주차장이요, 구석에 아이들 놀이터와 화단이 조금 있고, 그 사이사이에 난 시멘트 길이 전부지만, 그래도 거길 걸으면서 마주치는 어떤 익숙한 풍경들 덕분에 매번 마음에 쌓인 피로를 달랜다.

늘 깨끗하게 청소가 되어 있는 사잇길. 밤 시간과 달리
빈 자리가 군데군데 보이는 한낮 주차장의 여유로운 풍경.
거기에 주인을 따라 나온 작은 개의 뒤를 좇거나 예상치
못한 곳에서 고양이들과 마주칠 때면 마음이 한결
여유로와지는 것이다.

그런데, 느닷없이 등장한 빌런 한 사람이 번번이 그
모든 평화로운 풍경에 금을 낸다고 생각하니 문득 화가
치미려는데 뜻밖의 광경이 벌어졌다. 그 사람이 우리 쪽을
보며 잠시 멈칫하더니 다른 길로 가버리는 것이 아닌가.
그쪽으로 가면 제법 긴 거리를 돌아가야 하는데도
말이다.

그 사람이 자기 개가 고양이들에게 달려들까봐
그랬는지 아니면 다른 어떤 상황이 주저되어 그랬는지
정확한 이유는 모르겠다.

하지만 그가 갈림길에서 머뭇거릴 때, 무언가
방해하기 싫다는 듯 조심하는 분위기를 느꼈기에 나는
혼란스러웠다. 사람들이 오가는 작은 길에서 태연히

담배를 피우던 사람과, 고양이들이 놀랄까 조심하는 사람
사이에는 제법 큰 간격이 있었기 때문이었다.

　그렇다면 과연, 그 사람은 좋은 사람일까 아니면 안
좋은 사람일까.

○

　그날 저녁, 오랜만에 만난 한 친구는 무슨 일이
있었던지 대뜸 그런 이야기를 꺼냈다.
　자기는 착한 사람이 좋다나?
　그런 사람 옆에 있으면 자기 마음까지 맑아지는 것 같아
기분이 좋아져서라는데, 그러면서 녀석은 내게도
동의를 구하는 것이었다.

　"너도 그렇지? 너도 착한 사람이 좋지?"

　친구의 갑작스러운 물음에 나는 선뜻 대답하지 못했다.

순간, 살아오면서 내가 만난 많은 '착한 사람'들이
떠올랐기 때문이었다. 그들 중에는 언뜻 착해 보이지만
어느 면에서는 이해가 가지 않을 정도로 이기적인
구석이 있는 사람도 있었고, 착한데 한편으론 너무나도
우유부단해서 가까운 이들에게 크고 작은 피해를 주던
이도 있었다.

세상에 착하기만 하거나, 반대로 못되기만 한 사람이
얼마나 될까.

○

내가 아는 어떤 이는 주변 사람들을 잘 챙기고
리더십도 있어서 주위에서 큰 어른 취급을 받지만 나는
알고 있다.
그 넉넉함과 어른스러움은 오직 자기 시기심을
자극하지 않는 사람에게만 발휘된다는 것을.

한번은 그의 선배가 일이 잘 풀려서 나라에서 주는
큰 상을 받게 됐는데 우연히 만난 그 사람은 마치 자기가
그 수상의 배경이라도 알고 있다는 듯 내게 은밀하게
속삭였다.

그 상 그거, 그 분과 가까운 누가 밀어줘서 받게 된
거라고. 당신만 알고 있으라고.

○

나는 지금 어떤 사람의 이중인격에 대해 고발하고
있는 걸까? 글쎄. 나는 그저 사람은 얼마든지 여러 가지
모습을 가질 수 있다는 사실을 말하고 싶을 뿐이다.
누구와 있는가에 따라 모습이나 행동이 달라진다고 해서,
그러니까, 회사에 있을 때와 친구들하고 있을 때
그 사람의 말투가 다르다고 해서 그게 꼭 가식이거나
연기는 아닌 것처럼 말이다.

언젠가 유기 동물들을 위해 봉사를 하는 어떤 모임에 친구를 따라간 적이 있었다. 그런데 외부인이던 내가 묻는 말에는 대답도 잘 해주지 않으면서 유독 배타적으로 굴던 어떤 이가, 그날 모인 사람들 중 가장 많은 일을, 그것도 가장 험하고 궂은일만 도맡아 하는 걸 보면서, 이후 그런 경험들이 점점 더 많이 쌓여 가면서, 나는 사람이 얼마나 입체적인 존재인지를 알아 갔다.

동물을 좋아한다고 해서 꼭 사람에게까지 친절할 필요는 없는 것인데, 이런 좋은 점이 있으면 다른 안 좋은 점도 있을 수 있는 법인데. 그전까지 나는, 누군가 그렇게 상반된 모습을 보이면 꼭 그중 하나만이 그 사람의 진짜라고 여기는 습성이 있었다. 그리고 순전히 내 맘대로, 그 외 다른 건 다 가식이나 연기로 치부했다.

달랑 종이 한 장에도 앞뒷면이 있는 법인데, 하물며 사람이 여러 가지 모습을 가질 수 있다는 사실을 나는 어째서 인정하지 못했던 걸까.

하여 누군가 내게 너도 착한 사람이 좋으냐 다시
묻는다면 나는 이렇게 대답하고 싶다.

나는 착하다는 말을 듣는 사람보다는, 인간은 그렇게
한 가지 성품만으로 무 자르듯 판단하기 어렵다는 사실을
아는 사람이 좋다고.

그래서 타인에 대해 판단할 때는 가능한 조심할 줄
아는 그런 신중하고도 사려 깊은 사람이 좋다고.

친구의

유산

세상에서 가장 소중하고 특별했던 사람의 어머니가
돌아가셨는데 조의금의 액수를 놓고 고민해야 하는
상황은 누구에게라도 달가운 일은 아닐 것이다.
　그렇지만 나 같은 프리랜서들은 형편이 늘
이랬다저랬다 하기에 하필 지금 이렇게 지갑이 얇을 때
부고가 날아든 것이 한스러울 뿐이었다.

　가능한 많은 액수를 하고 싶어 시작한 고민이었지만,

살아생전 어머니께 얻어먹은 밥이 몇 끼인데, 이렇게
조의금의 액수를 놓고 저울질을 한다는 자체만으로도
나는 어머니와 죽은 친구에게 그저 죄스러운 마음이었다.

○

어머니가 돌아가신 지금으로부터 꼭 이십 년 전에,
친구는 지병으로 먼저 하늘나라로 떠났다.

내게 그 친구가 각별했던 이유는 그가 세상에서
하나뿐인 존재였기 때문인데, 언젠가 모종의 사건으로
인해 다른 이에게는 결코 보여주지 않던 속마음을 나도
모르게 꺼내 보인 뒤로, 그는 내게 유일한 사람이 되었다.
그 어떤 심리적 장벽이나 일말의 거리낌조차 없이, 무슨
얘기든 솔직하고 편하게 나눌 수 있는 사람.

그랬던 친구가 가버렸기에 이제 더는 내게 그럴 수 있는
친구란 존재하지 않게 된 것이고.

발인 직전이라 그런지 장대비를 맞으며 달려간 빈소는
조문객이 없어 휑했다.

친구가 떠난 후로 어머니 생각을 종종 하며 한번
찾아뵐까, 과일이라도 보내드릴까 생각한 적은 많았지만
그러지 않았던 건, 그래봤자 나는 남의 자식이요, 내가
찾아가 뵌들 지금은 하늘나라에 가 있는 당신 귀한 자식
생각이 더 나실까 봐 참아야 했다.

그래서 뵙지 못했던 어머니를 끝내 이렇게 영정
사진으로나 뵈어야만 하는 현실이 기구해 나는 어머니
사진을 앞에 두고 굵은 눈물을 쏟았다. 최근 불어난
체중을 무릎이 감당하지 못해 다른 초상집에 갔을 때
애를 먹은 참이라, 어머니께만은 절을 제대로 드리기 위해
가방에 방석까지 챙겨간 터였다.

친구는 가고 없는데 자식도 드리지 못하는 절을, 그
자식의 친구인 나는 살아서 드리고 있다고 생각하니
얼마나 목이 메던지. 얼마나 어머니 뵙기가 민망하고
송구하던지.

그날 저녁, 각기 문상을 갔던 친구들과 오랜만에 아는 후배네 가게에서 만나게 되었다. 나는 사람들을 잘 만나지 않고 주로 집에만 있기 때문에 정말이지 오랜만에 보는 얼굴들이었다.

이십 년 전에 친구가 먼저 가버린 후, 나는 친구에게 씩씩하게 잘사는 모습을 보여주고 싶어 열심히 살았지만, 다른 건 몰라도 인간관계만은 도저히 어떻게 내 마음대로 되질 않았다.

보란 듯이 새 친구도 만들어서, 너 없이도 나 혼자 이렇게 잘 살고 있노라 말해주고 싶었는데. 하다못해 연애는 소개팅이라도 할 수 있다지만 친구는 도대체 어딜 가서 무슨 방법을 써야 만들 수 있는 것인지 알지 못했던 나는, 그저 빈곤한 관계를 이어가며 근근이 살아갈 뿐이었다.

그래 서로의 근황을 주고받다가 내가, 나는 연락하고 얼굴 보는 친구가 거의 하나 정도 있을까 말까 하다고

내 궁핍한 관계의 사정을 슬그머니 토로하였더니,
〈챠우챠우〉와 〈고백〉이라는 히트곡을 낸 오랜 동료이자
친구인 민규가 그러는 게 아닌가.

"우리 나이 때는 다 그래. 석원아."

그런가? 의외였다. 적어도 나보다는 뭘 해도 잘하고,
살아도 나보다는 늘 잘 사는 놈이려니 생각해 왔기에,
그런 녀석의 입에서 그런 말이 나오는 걸 듣고 있자니
문득 위안인지 서글픔인지 모를 묘한 기분이 들었다.

○

인생은 어차피 혼자라는 말 굳이 들먹이지 않더라도,
사람들에게 다가서는 일도 쉽지 않고 상처도 자주
주고받다 보니, 종래는 그저 혼자 사는 게 최고다 싶어
그런 삶에 익숙해지려 애써온 지 오래였다. 그래서
혼자서도 행복하게 잘 살 수 있어야 한다고 스스로

다짐도 하고 실제로 어느 정도는 그렇게 되었다고 믿으며 살아온 터였다.

그런데, 이렇게 가끔 사람들을 만났는데 그들과 보내는 순간이 도무지 감당하기에 벅찰 만큼 행복하고 내가 집에서 홀로 보낸 그 어떤 순간보다도 감정의 파고가 진하다 느껴질 때면, 그래서 끝내 아무리 부정하려고 해도 친구라는 존재는 역시 의심 없이 필요한 것인가? 하는 생각이 들 때면, 나는 슬프다.

친구란 원한다고 해서 가질 수 있는 것은 아니기 때문에.

○

그렇게 흘러간 옛이야기로 모처럼 즐거운 시간을 보내다 너무 늦지 않게 다시 만날 것을 다짐하면서, 거듭 서로의 건강과 안녕을 당부하며 늦은 시간 각자의 집으로 흩어지는 친구들을 보면서 나는 생각했다.

기껏해야 몇 년에 한 번 얼굴 보면서도 마치 어제도 만났던 듯 어색함 없이 반갑고, 도무지 어떤 악의나 경쟁심도 없이 순수하게 서로의 안녕을 빌어줄 수 있는 존재가 있다는 건 얼마나 감사한 일인지.

○

이십 년 전 친구가 사경을 헤매다 마침내 운명했던 그때, 나는 기절할 정도로 슬프기도 슬펐지만 한편으론 당장 나의 앞날에 대한 걱정으로 얼마나 두려움에 떨었는지 모른다.

내 삶 그 어느 한구석에도 친구가 자리하지 않은 곳이 없는데 이제 난 어떻게 살아가야 한단 말인가.

때문에 나는 정작 서른 셋 젊은 나이에 그렇게 일찍 하늘나라로 가버린 친구의 처지를 안쓰러워하기보다는 장차 녀석이 없는 내 삶을 걱정하느라 '이 녀석아 가지 마라, 나 혼자 두고 너만 그렇게 가지 마라 제발.' 이러면서 얼마나 빌고 매달렸는지 모른다.

'가여운 우리 상문이. 태어나 꽃 한번 제대로 피워보지 못하고 그렇게 가 버려 원통하고 안쓰럽다.'는 생각은 나이가 조금 더 들어서야 겨우 할 수 있었던 것이다.

한때는 그런 내가 너무 철없고 이기적인 친구가 아니었나 싶어 자책도 많이 했었다. 그렇게나 젊어 생을 마감한 친구의 처지가 안타깝고 딱하다는 마음보다는 그저 내 입장에서 녀석의 빈자리를 걱정하기만 했으니 말이다. 하지만 이제는 조금 생각을 달리 하게 된 것 같다. 너무 일찍 가버린 친구를 안타까워하는 마음이나 누군가를 그렇게나 절실하게 원하고 필요로 하는 마음이나 종류만 달랐지 다 같은 사랑이요 우정이 아니었을까?

무엇보다, 이제는 수십 년 전 적어도 지금보다는 한참 어린 시절의 나를 비난하고 싶지 않았다.

그때는 그때대로, 그 나이 때에 충분히 가질 수 있는 내 식대로의 어떤 애도였을 것이므로.

가끔 인생이란 그저 짓궂은 신의 농담이 아닐까 상상해 보는 건 하나뿐인 친구가 그렇게 거짓말처럼 갑자기 가버린 덕분인데, 오늘처럼 내가 친구라고 부를 수 있는 존재들이 여전히 나와 같은 땅 어딘가에서 숨 쉬며 살아가고 있다는 것을 확인하는 것만으로도 나는, 마치 주유소에 들러 텅 빈 연료통에 새 연료를 공급받는 자동차가 된 것만 같은 기분이 든다.

이렇게 타인이 내 마음에 지펴준 온기로 나는 또 얼마간은 시린 마음 없이 세상을 살아갈 수 있겠지.

내 소중했던 친구는 갔지만, 오늘도 나는 녀석이 유산처럼 남겨준 인연들을 조심조심 이어가고 있다.

2부

삶은
정말로

단순하지 않다

이해의

위력

타인을 이해하는 일은 어째서 중요할까. 그것은 우리의
마음이 남의 행동보다는 그 행동에 대한 나의 이해에 더
많이 좌우되기 때문이다.

우리는 미리 양해를 구해온 집에서 공사를 하느라
종일 드릴로 바닥을 뚫고 망치로 벽을 사정없이
두들긴다 해도 어느 정도는 참을 수 있다. 하지만
이유를 모른 채 새벽 한 시에 어디선가 들려오는 보다
작은 소리에는 훨씬 더 예민하게 반응할 때가 많다.

공사를 하는 집에서 나는 소리는 왜 나는지 언제까지 참으면 되는지를 이미 알고 이해하고 있지만, 출처도 이유도 모르는 작은 소리는 모두가 자야 할 시간에 왜 저런 소리가 나는지 이해할 수 없기에 더 큰 신경이 쓰이는 것이다.

얼마 전 극장에 갔을 때, 영화가 시작한 지 1분이 지나서야 상영관엘 들어간 것은 나로서는 하나의 사건이었다. 그전까지는 한 번도 그래 본 적이 없던 나는 언제나 영화가 시작된 뒤에야 팝콘과 콜라 등을 잔뜩 사 안고서 상영관에 들어서는 사람들을 이해하지 못했다. 그들의 엉성한 시간관념과, 다른 관객들에게 피해를 주는 그 무신경함에 혀를 찬 적도 많았다.

하지만 그날 이후로, 나는 더는 그런 사람들을 보며 뭐라고 할 자격을 상실했다고 스스로 믿었다. 나도 같은 행위를 한 처지에 누굴 보고 뭐라 할 수 있겠는가?

그 일은 동시에, 타인의 어떤 행동 하나에 대해 누군가가 참으로 긴 세월 끝에 비로소 이해를 하게 된 그것이야말로 일대 사건이라 할 만했다.

그전까지 나는 사람들이 타인의 영화 관람을
방해하면서까지 그렇게 극장에 늦게 들어오는 이유를
도무지 알지 못했었다.

왜냐하면 나는 그러지 않았으니까.
하지만 이제는 안다. 아무리 늦지 않으려 해도 경우에
따라서는 늦을 수가 있다는 걸.

왜냐하면 나도 그래봤으니까.

내가 늘 하는 말이 있다. 사람은 사랑받지 못해도
살 수 있지만 이해를 받지 못하면 결코 인간다운 삶을
누릴 수가 없다고. 그래서 사람은, 연애나 결혼은
거부할 수 있어도 누구의 이해도 필요 없는 존재로
홀로 살아가기란 불가능하다는 것인데, 예를 들어
연애를 못한다고 해서 생을 포기하려는 사람은 아마
드물 것이다. 하지만 내가 지금 왜 이런 행동을 하며
이런 말을 하는지, 도대체 그게 왜 그렇게 싫고, 좋은
건 어째서 좋은지를 남들이 알아주지 않거나 최소한

같이 공감할 사람이 세상에 단 한 명도 존재하지 않으면, 그보다 더 답답하고 괴로운 일이 있을까?

그래서 사람들은 타인과 대화할 때 걸핏하면 내 말 알겠냐며(you know?) 수도 없이 동조를 구하는 것일 텐데 이렇게나 중요한 이해를 자기가 직접 보고 듣고 겪은 범위 내에서만 할 수 있다는 사실은 언제나 나를 아찔하게 한다.
그리고 타인에 대한 우리의 이해라는 게 그렇게나 얄팍한 것이기에 남을 제대로 이해한다는 것은 그리 어려운 일인지도 모른다.

한 친구가 있었다. 무엇 하나 부족함이 없는 인생이랄까. 녀석은 나처럼 이혼을 하지도 않았고 덕분에 뜻이 잘 맞는 아내와 함께 자식들을 데리고 외국에 나가 살면서, 남부러울 것 없는 삶을 누리는 친구였다.
그런데 이 친구는 재미있게 잘 놀다가도 어느 순간 이해할 수 없는 말로 사람을 긁을 때가 있었다.

다른 사람들과 같이 있을 때면 유독 짓궂은 말로 나를 놀림거리로 만드는가 하면 석원이 네가 그런 걸 어찌 아냐며, 마치 자기가 뭐든 나보다 더 잘 안다는 듯이 굴 때도 있었다.

저 녀석이 왜 저럴까.

나는 꽤 오래 고민했다. 나에게 무슨 나쁜 감정을 갖고 있다기에는 가끔 그렇게 내 기분을 안 좋게 하는 순간 외에는 대체로 사이도 좋았고 대하기도 잘 대해 주었기에 나는 꼭 줏대 없는 사람처럼 친구에 대한 미움과 너그러움을 반복하며 살아야 했다.

가끔 그 친구 때문에 기분이 너무 안 좋아질 때면 휴대폰 연락처에 있는 녀석의 이름을 '악마'라 바꿔 적었다가 그다음 날 일어나서 기분이 조금 누그러지면 다시 본래의 이름으로 고쳐 써넣은 적도 여러 번이었다.

그러던 어느 날, 나는 정말 우연히 녀석의 아내로부터 뜻밖의 말을 듣게 된다. 세상 어떤 것도 부러워할 필요가

없을 만큼 잘살고 있다고 믿었던 녀석이 실은 예전부터
음악을 그렇게 하고 싶어했다는 것이다.

"그래서 석원 씨를 얼마나 부러워했는데요."

그 말을 듣고 나는 겉으로는 "아니, 히트곡 하나
없는 무명가수를 뭣하러 부러워 해요?" 하고 이해가
안 간다는 듯 굴었지만, 그렇게 능청을 떨었지만,
어쩐지 그동안 녀석의 행동이 비로소 이해가 가는
기분이었다. 어떤 종류의 질시 혹은 부러움이란 감정은
그 대상이 얼마나 대단한가 아닌가와는 상관이 없는
일일 때도 많다는 걸 진작에 알고 있었으니까.
　　나 역시 경쟁심이라면 누구 못지않아서, 가까운 친구가
처음 자기 분야에서 막 두각을 나타내려 할 때, 아직
채 성공을 하지도 않은 친구를 보면서 속으로 정말
잘되면 어쩌나 은근히 조마조마해 한 경험이 있었으므로,
사람의 마음이란 가까운 사이일수록 오히려 얼마나
치졸할 만큼 작고 옹졸해질 수 있다는 것을 너무 잘

알았으므로, 나는 그때부터 더는 그 친구로부터 큰
스트레스를 받지 않고 지낼 수 있었다.

　그것은 친구가 내게 용서를 구해서도 아니고 우리가
서로의 마음을 터놓고 이야기를 나눠서도 아닌, 그저
우연히 친구의 사연을 듣고선 녀석의 마음을 이해하게
되면서부터 가능해진 일이었다.

　나 역시 나만의 욕망을 가진 존재로 세상과 수없이
부딪히고 깨지며 살다 보니, 친구의 그런 일그러진 마음의
근원에 대해서도 조금은 헤아릴 수 있게 되었달까?

　그렇게, 친구를 이해하게 되면서부터 우리 사이에
엉켰던 실타래는 조금씩 풀어졌고, 누군가를 이해하고
헤아리는 과정에서 나는 무엇보다 내 마음이 편해지는
것을 느꼈다. 본래 누굴 미워하는 일을 중단하면 우선
내 마음이 편해지는 법이라더니, 알면 알수록 살아가는
이치란 어쩜 이리 무릎을 탁 칠만큼 절묘하고도 얄궂은
구석이 있는 것인지.

결국 누군가를 이해하다 보면 상대에 대해 보다 너그러워진 마음은 점점 더 큰 이해를 불러오고, 이해를 하는 만큼 원망은 계속 줄어드니, 그야말로 모두가 행복해지는 선순환이 시작되는 셈이라고 할까?

그런 이해의 위력을 알게 되고 나서 나는, 그 친구뿐만이 아니라 그 누구와도 크고 작은 비슷한 상황에 처할 때마다, 상대를 미워하고 원망하는 마음을 품은 채 살아가기보다는 가급적 이해를 하려 애를 썼다.

상대가 예뻐서가 아니라 순전히 내가 살기 위해, 조금이라도 이해할 만한 구석을 찾으려 노력했던 것이다. 그래야 누굴 미워하는 지옥 같은 마음을 가진 채 스트레스를 받으며 살아가지 않을 수 있을 테니까.

그러니 누굴 이해한다는 건 우선 그 누구보다 나 자신을 위한 일이라는 것. 그렇기에, 우리는 스스로가 편해지기 위해서라도 남을 이해하도록 열심히 노력해야 한다는 사실을 말하고 싶어 몇 자 적었다.

어떤

섬세함

사람들로부터 가끔씩 섬세하다거나 꼼꼼하다는 말을
들을 때면 스스로 민망해지곤 한다. 나로서는 늘 좀 더
사려 깊게 사고하고 행동하지 못하는 내 모습에 자책을 할
때가 많기 때문에.

한번은 낯이 익은 동네 택배 기사 아저씨한테
수고하신다는 의미로 음료수를 한 병 건넨 적이 있었다.
아저씨는 감사하다며 마침 목이 말랐는지 그 자리에서
그걸 받아 벌컥벌컥 시원하게 드신 것까진 좋았는데

그 뒤로 무슨 일이 벌어졌는지 아는가?

그동안엔 택배가 오면 아저씨는 내가 사는 동 1층에
있는 택배 보관실에 그저 내게 온 택배 상자를 두고 가면
그 뿐이었다. 그럼 나는 시간이 될 때 내려가서 그걸
가지고 올라오면 그만이었으니까.

그런데 내가 그 알량한 음료수를 건넨 후로
아저씨는 뭔가 보답을 해야겠다고 생각하셨는지, 굳이
엘리베이터를 타고 내가 사는 층까지 올라와서는 딱 내 집
문 앞에 택배 상자를 두고 가기 시작한 것이다.

"아이고, 안 그러셔도 돼요."

호의에서 우러나 한 일이긴 했지만 그런 내 작은 성의가
누군가를 한 뼘쯤 더 수고롭게 했다는 사실에 나는 아차
싶었다.

그리고 떠오르는 또 하나의 비슷한 기억.

운전을 하던 중이었는데 건너편에서 마주 오던 차 한
대가 뒤미처 신호를 받느라 내 쪽으로 제때 끼어들지를
못해 이도 저도 아닌 지점에 엉거주춤 서버리고 만
것이다. 그래 내 딴에는 그 차를 배려한답시고 가던
길을 멈춘 채 양보를 해주고 있는데, 내가 그렇게
뒤차의 동의 없이 남에게 선행(?)을 베풀고 있는 동안
내 뒤로는 자기 신호에 가지 못한 차들이 죽 길게
늘어서고 말았던 것이었으니.

○

섬세함이란 뭘까. 만약 타임머신을 타고 앞선 두 번의
상황으로 다시 돌아간다고 해도, 나는 내가 호의로 건넨
음료수 한 병 때문에 누군가 더 힘들어질 것을 예측해서
행동을 결정하거나, 도로에서 애를 먹고 있는 타인을
위해 뭔가 하려 하기 전에 그런 내 행동이 다른
차들에겐 어떤 피해를 줄 것인지까지 생각할 자신은
솔직히 없다.

그런 의미에서 내가 그리 섬세하지 못한 사람이라고 누군가 말한다면 나는 그 주장에 굳이 반대를 하고 싶지도 않다. 하지만 그렇게나 둔하고 섬세하지 못한 인물인지라, 더더욱 가능한 섬세해지고픈 마음을 늘 가지고 살아야 한다고 믿는다.

기왕이면 남에게 필요한 도움을 주고, 대신 누구에게도 공연한 피해를 주고 싶지는 않기 때문에.

○

네이버 검색창에 '섬세하다'라는 네 글자를 쳐보면 '1. 곱고 가늘다. 2. 매우 찬찬하고 세밀하다.'는 뜻풀이가 나오는데, 아무래도 내가 살면서 이해해 온 섬세함이란 2번에 가까운 것이 아닌가 한다. 가령 내가 살펴야 할 대상이 있다면 시간을 두고 가능한 여러 면에서 두루두루 살피는 태도가 그렇다. 그래야 누굴 이해해도 좀 더 정확하게 이해할 수가 있고 누굴 배려해도 좀 더 세심한 배려가 가능하지 않을까?

대부분의 인간들처럼 눈에 보이는 정면만을 인지하는
것이 아니라 마치 도마뱀처럼 250도의 넓은 시야각을
가지고선 세상의 앞과 옆과 심지어 뒤까지 살피는
그런 세심함이 깃든 자세를 가진다면 말이다.
(물론 앞선 도로의 상황에서도 그랬듯 이런 시야
범위를 갖는 일은 결코 쉽지 않다.)

언젠가 한 친구가 생일날 꽃을 보내준다기에 아침
내내 기다린 적이 있었다. 하지만 꽃은 스스로 차린
아침을 먹고 먹은 점심을 다 치우고 나서까지 도무지
올 생각을 하지 않았고, 나름대로 그 날의
하이라이트라고 여겼던 꽃 받는 일이 뜻대로 되지 않자
나는 조금 뿔이 나고 말았는데, 알고 보니 꽃은 내가
아니라 나를 낳아주신 어머님께 갔다는 사실을
알았을 때, 그때 그렇게 친구로부터 받은 감동은
두고두고 섬세한 마음 씀으로 내 기억에 남아 있다.

부끄럽게도 그제야 비로소 나는 내 생일의 진짜
주인공이 누군지를 알게 되었으니 말이다.

한 번은 이런 일도 있었다. 집에 어려운 일이 생겨 아버지 친구 분을 찾아갈 일이 있었는데, 글쎄 한 번도 뵌 적 없던 분이 내가 집에 도착하자 '오, 석원이!' 하고 나를 반기시는 게 아닌가. 그래 이 분이 내 이름을 어찌 알까, 아버지가 평소 내 이야기라도 하신 걸까 궁금했었는데 알고 보니 나를 만나기 전 미리 전화를 걸어 내 이름을 물어보시더라는 말을 어머니로부터 들었을 때, 나로서는 생각도 못했던 누군가의 세세한 마음 씀에 감탄을 했던 기억도 여전히 갖고 있다.

그렇게, 나는 살아오면서 만난 수많은 이들로부터 섬세함에 대해 배웠고 그 덕에 내가 지니게 된 나만의 섬세함이란 대략 이런 정도의 것들일 것 같다.

남의 하소연을 함부로 징징댐으로 치부하지 않는 태도를 갖는 것. 남들과 대화할 때는 그 자리에 있는 모든 이들에게 골고루 시선을 주는 것. 누군가 아파 쓰러지면 무작정 일으켜 세울 게 아니라 그 사람의 상태를 봐가면서 그에게 필요한 도움을 주는 것.

다시 말해서 주인공은 도움을 주는 내가 아니라 도움을 받는 상대라는 사실을 항시 잊지 않고, 따라서 내가 주고 싶은 것이 아니라 상대가 필요로 하고 받고 싶은 것을 먼저 생각하는, 그런 마음이 내가 생각하는 섬세함이라고나 할까.

그리고 그건 다른 말로 타인과 세상에 대한 끊임없는 관심과 성의라고도 할 수 있을 것이다.

런던이

내게 준 것

내가 처음 런던엘 갔던 것은 1996년 가을이었다. 나는 당시 스물여섯 살의 젊은 나이였는데 그것은 나의 최초의 해외 여행이기도 했다. 국내 여행도 잘 가지 않던 내가 어쩌다 그 먼 곳엘 다 가게 되었을까.

실은 그때 난 첫 번째 앨범을 준비하고 있는 예비 뮤지션인 처지였고 앨범의 마무리 작업을 하기 위해 런던의 한 스튜디오를 찾았던 것이었으니, 일종의 일을 겸한 여행이었던 셈이다.

메트로폴리스는 영국 런던에 있는 세계적인 마스터링 스튜디오이다. 마스터링이란 간단히 말해서 앨범에 담긴 소리들을 최종적으로 다듬고 정리하는 작업을 말하는데, 바로 그 일을 하기 위해 나는 스물여섯의 시월 어느 날 새벽 지구 반대편에 있는 히스로 공항에 떨어졌다.

춥고 한산했던 출국장을 빠져나와 버스 한 대에 오르자 막 해가 뜨기 시작했다. 해는 금세 먼곳의 하늘을 붉게 물들였고, 그 강렬했던 이국의 태양 빛 속으로 빨려 들어가듯 런던 시내로 들어가, 마침내 피커딜리서커스에 당도하던 순간은 영원히 잊을 수 없을 것이다.

누나들의 영향으로 어려서부터 평생을 팝 음악을 듣고 자라온 내게 팝의 본거지나 다름없는 그곳은 얼마나 천국같던지.

다소 농 비슷이 표현을 하자면, 당시 우리나라 버스 옆구리에는 지역에서 유명한 찜질방이나 가정용 마사지기의 광고 같은 것들이 붙어 있을 때, 직접 날아가서 본 런던의 빨간 색 이층 버스에는 당대의 힙한 뮤지션인 자미로콰이의 새 앨범 광고가 붙어 있었으니, 음악을 그렇게나 좋아했던 내게, 그곳은 황홀경 그 자체일 수밖엔 없었을 것이다. 그래서, 아직도 그 이름이 기억나는 스튜디오의 스케줄 매니저였던 쥴리 셀릭과 잡았던 일정이 반나절 만에 끝나고 나자, 나는 남은 시간을 오로지 런던의 곳곳을 구경하는 데에 할애했다.

태어나서 처음 만나보는 나와는 전혀 다른 모습의 사람들. 아마 초행길이라서 더 그랬겠지만, 마치 동화책 속 어느 한 페이지에 들어온 것 마냥 비현실적일 정도로 예쁘게만 보이던 런던의 차와 건물들. 그 모든 광경에 압도되어, 자는 시간마저 줄여가며 새벽까지 택시를 타고 온 런던 시내를 쏘다니던 순간들…

그렇게 일주일이 채 안 되는 일정을 마치고 그곳을 떠나면서, 나는 솟구치는 아쉬움을 주체 못해 반드시 이른 시일 내에 다시 돌아오리라 결심했지만 정말로 그곳을 다시 찾기까지는 무려 14년이란 세월이 걸렸다.

생각이야 늘 했지만 바빠서, 먹고살아야 해서, 비행기 티켓 끊고 여행 준비하는 일이 엄두가 안 나서, 이래저래 미루다 보니 시간이 그렇게나 걸리고 만 것이다.

○

그리고 이제부터가 내가 런던에 대해 하고 싶은 진짜 이야기가 시작되는 셈인데, 그렇게 스물여섯 살에 처음 갔었던 런던을 마흔 살에 다시 찾고 보니, 이상하게도 모든 것들이 전과 달랐다. 똑같은 피커딜리 광장이었고 똑같은 소호 거리였는데도 십사 년 전 그때 느꼈던 흥분은 내게 조금도 남아 있지 않았고, 무엇을 봐도 어디를 가도 모든 것이 그저 무덤덤할 뿐이었다.

오래전, 이곳을 처음 찾았을 때는 정말이지 먼 이국에 왔다는 흥분과 설레임에 여기서 보내는 1분 1초가 아까울 만큼 굉장한 시간을 보냈었는데.

도대체 이게 어찌 된 일일까.

런던이 변해서 그런 건 아니었냐고? 그럴 리가.

새것이라면 뭐든 환영해 마지않는 우리나라와는 달리, 도시 어느 후미진 거리에 홀로 서 있는 우체통 하나의 색깔을 바꾸는 데만도 이십 년이란 세월이 걸린다고 할 만큼 변화가 더딘 곳이었으니 원인은 내게 있었을 것이다.

14년이라는 시간이 흐르는 동안 세월은 내게서 음악에 대한 열정을 앗아가 버렸기에, 더 이상 팝 음악에 대한 어떤 애정이나 관심도 없어진 내게 런던이 더는 큰 의미를 주기란 어려웠을 것이다. 뿐인가. 나이는 내게서 단순히 음악에 대한 열정만을 앗아가 버리는 데 그친 것이 아니라 나는 흘러버린 세월만큼, 딱 그만큼 삶에 지쳐 있었고, 젊어 시퍼랬던 감각들도 더는 쓰지 않는 칼의 날처럼 무뎌져 버렸으니 더욱 그랬을 터.

○

그리하여 그때, 같은 사람이 한 도시를 스물여섯 살에 가 보는 것과 나이 마흔에 다시 가 보는 것에는 얼마나 큰 차이가 있는지를 절감한 후로 나는 비슷한 경험을 반복하게 된다. 서른여덟에 교토에 가서 느꼈던 어떤 절절함을 그 십년 뒤에 갔을 때에는 전연 느낄 수 없었던 일도 그렇고, 특히나 스물여덟 신혼여행 때 갔던 경주를 나이 오십이 넘어 다시 찾았을 때는 정말이지 그 어떤 감흥도 느껴지지 않아 당황하기까지 할 정도였으니, 그런 일들이 매 여행마다 반복되자 나는 알 것 같았다.

왜 어른들이 모든 것에는 다 때가 있느니, 그러니까 젊어서 많은 것들을 경험해 보는 게 좋다느니 하는 말들을 했는지를. 지금껏 상투적이다 치부하며 흘려들었던 많은 말들이 실은 전혀 흔하지도 뻔하지도 않은, 살면서 한 번쯤은 새김직한 것이었음을.

과연, 스무 살의 나와 서른 살의 나는, 또 마흔 살의 나와 쉰 살의 나는 그 모든 순간이 다 다른 사람이라고 해도 좋을 만큼 흡수하는 감각도, 원하는 종류의 자극도, 그간 쌓아왔던 경험의 종류도 다 달랐으니 말이다.

그래. 모든 것에는 다 때가 있었는데. 그때 좋았던 것들을 다시 맛보고 싶었으면 그때 바로 다시 갔어야 했는데. 한 번 좋았던 곳을 다시 찾는 일을 그렇게나 오래 미루지 않았더라면, 한 살이라도 적을 때 더 많은 곳을 갔더라면, 스물여섯 살 때 느꼈던, 내 온 오감이 시퍼렇게 살아 있고 열려 있을 때 런던에서 느꼈던 그 모든 설렘과 흥분을 적어도 몇 번은, 아니, 단 한 번이라도 좋으니 다시 느껴볼 수 있었을 텐데.

하여 더 이상 여행이란 것에 뭔가 기대를 갖기에는 너무 나이가 들어버렸다고 굳게 믿으며 살아가던 어느 날. 나는 한 잡지사로부터 의뢰받은 글을 쓰기 위해 예전 일기를 들춰보다 뜻밖의 흔적들을 발견하게 된다.

그건 내가 런던을 두 번째 찾았을 때 현지에서 끼적인 메모와 돌아와서 쓴 일종의 여행에 대한 작은 기록들이었는데 그것에 따르면 마흔 살에 두 번째로 방문했던 런던에서 나는 결코 실망만 하지는 않았다.

이제 더 이상 음악은 듣지 않게 되었지만, 늦게 시작한
책 읽기로 인해 새로이 흠모하게 된 명탐정 셜록 홈즈의
자취가 어려 있는 베이커가에 갔을 때, 십사 년 전의
그것과는 뭔가 다른 공기에 그 자리에서 홀린 듯 적어
내려갔던 내 마흔 살의 기록들이 엄연히 남아 있었으니
말이다.

뿐인가. 달랑 한 장의 그림과 단지 한 줄의 이력만으로
한 사람의 일생을 설명해 버리는 내셔널 포트레이트
갤러리에 갔을 때에도, 누군가의 삶을 그렇게나 간단히
요약해버리는 방식에 대한 충격으로 또 한참을 그 자리에
서서 생각에 잠겼던 순간들 역시 고스란히 글로 남아
있었다.

그러니 스물여섯에 갔을 때와는 분명 다른 느낌과
경험들이, 그때 런던 한복판에 있었던 나이 마흔 살의
나에게 분명히 존재했었는데.

왜 나는 그것들을 모두 잊고 살았던 것인지.

그러니까 여행이란, 지금에 와서 다시 정의 내리건대, 이 순간의 내가 어느 역이든 가서 어디로든 떠나는 열차를 무작정 잡아타는 일이었다. 그게 내가 이제 와서 깨달은 진짜 여행의 모습이었다. 그런데 나는 오로지 과거로 돌아갈 수 있는 타임머신만을 원했으니 실망하지 않을 도리가 있을까.

마흔에 갔으면 마흔에 느낄 수 있는 것들에 집중했어야 했는데.

누군가의 스물여섯과 마흔이 그렇게나 서로 다른 세상이라면, 더더욱 나는 스물여섯이 아닌 오직 그 나이에만 가능한 여행을 했었어야 했는데.

그렇게 이제 내게 여행은 더 이상 과거로만 돌아가려는 타임머신이 아니라 오로지 지금 이 순간의 나를 위한 이벤트가 되었고, 다시는 찾지 않으리라던 런던은 더 이상 추억에만 머물러 있는 회고와 실망의 도시가 아니라, 다시 찾을 생각에 새로운 기대를 불러일으키는 미래의 장소로 자리매김하게 되었다.

하여 언제가 될지는 모르겠지만 내 생애 세 번째로 그곳을 찾게 되면, 스물여섯의 푸릇푸릇했던 그때와는 또 다른 시선과 감각으로 이번에야말로 제대로 된 여행의 기록을 꼭 한번 남겨보리라, 나는 이제 그런 소원을 또 하나 품게 되었다.

아주 조심스럽지만
말할 수

있는 것

책이란 걸 내고, 그 책이 여러 사람에게 읽히다 보면,
에스엔에스 등을 통해 독자들로부터 이런저런 사연을
받을 때가 있다. 나도 당신처럼 글을 한번 써보고
싶은데 어떡해야 하느냐 묻는 사람도 있고, 자기도 오랜
마음의 병이 있었는데 작가님이 쓴 글을 읽고 새 삶을
살 용기를 냈다며 고마움을 전해오는 이도 있고, 많다.
드물게는 형편이 어렵다며 돈을 빌려달라는 사람도
있다.

114

그렇게 날아오는 갖은 사연 중에 내 입장에서 가장
안타깝고 난감한 경우는 자신 혹은 자신의 가족이
스스로 생을 마감하게 생겼다며 알려올 때다.

　자기 자식이 극단적인 시도를 했는데 어떻게 해야
하느냐, 좀 도와달라거나 심지어는 자기가 오늘 밤 그 일을
결행할 거라며 일면식도 없는 사람에게서 그야말로 자살
예고장을 받게 되는 경우도 있다.

○

　나는 독자들에게 그리 자상하거나 친절한 사람은
아니지만, 그리고 그 모든 호소가 다 진심 혹은 진실인
건 아닐 테지만, 적어도 사람의 목숨이 달린 일 앞에서는
모른 척할 수가 없어 응답을 할 때가 있다.

　그럴 때, 제발 죽지 말고 살아달라고 우리 애한테
한마디만 해달라, 우리 애가 선생님 음악과 글을 좋아하니
분명 도움이 될 거라며 뭔가 말해주길 청해오시는
부모님들의 연락을 받을 때면 정말로 마음이 난감해지곤

한다.

　귀찮거나 부담이 되어서가 아니다. 대체 이 별것 없는
세상을 이만 끝내고 싶다는 사람의 마음을 무슨 말로
돌릴 수 있을지 말 그대로 자신이 없어지기 때문이랄까.

　생각해 보라. 누군가를 설득하려면 우선 나부터 그
일에 상당한 가치와 매력을 느껴야 할 것인데, 내가 이
나이가 되도록 생을 포기하지 않고 살아가는 이유는
삶이 너무 찬란해서도 아니고, 세상이 내게 무슨 엄청난
행복을 주기 때문도 아닌데 대체 무슨 말로 어떻게
남의 마음을 움직일 수 있을까 생각하면 머릿속이 순간
아득해지고 마는 것이다.

○

　내가 알기로 사람들은 무슨 거창한 이유 때문이 아니라
그저 그냥 살아간다. 적어도 내 보기엔 그렇다. 남들이

볼 때는 기껏 매일 방송되는 프로야구 중계 방송을 보기
위해 산다는 사람이 있는 것도, 딱히 죽을만한 이유를
찾지 못해서 그냥 산다는 친구나 선배들을 종종 만날 수
있는 것도 그 때문일 것이다.

나처럼 부모나 자식을 먹여 살리기 위해 사는 사람들도
있을 테고. 그들이라고 해서 가끔씩 너무 열이 받거나
힘든 일이 있으면 홧김에 죽고 싶다는 생각을 아주 안
하지는 않을 것이다.

그렇지만 죽는 건 너무 무섭고 아픈 일일 것 같아서,
또 주변 사람들도 생각하고 하다 보니 그냥 참고 사는 것
아닐까.

다들 그렇게 별 이유 없이도 살아가고 있는 것이 삶
아닐까.

이처럼 내게 삶이란 상품은 내놓고 선전할 만큼 뭐
그리 굉장한 매력이나 장점이 있는 것은 아니었기에, 나는
두려웠다.

누군가에게 이 세상을 포기하지 않고 살아내야 할

이유를 말해달라는 부탁을 받을 때마다… 그렇게 자기 혹은 자신이 사랑하는 누군가를 설득해달라고 청을 해 올 때마다… 아무리 고통스럽고 희망이 보이지 않더라도 이 삶을 절대로 포기해서는 안 되는 뭔가 절실한 이유를 제시할 수 있어야 하는데… 그래야 어른이고 명색이 작가라고 할 수 있을텐데….

내가 설득해야 할 상대는 이미 생을 포기하겠다는 의지가 너무도 크고… 내가 들어도 사는 게 너무 힘들겠다 싶은 이유들을 줄줄이 들려주기라도 하면…

오히려 내가 설득을 당할까 봐 이를 악물고 정신을 차리려 노력하던 순간은 얼마나 아찔했던지.

○

내게도 죽음이 생의 목표이자 전부인 시절이 있었다. 막 성인이 되어 이제 어른이라는 타이틀을 달고 세상을 살아 나가야 하는데, 나는 그때 도무지 내가 원한 적 없는 것들로 나의 삶이 채워지는 이 기막힌 현실을 받아들이기가 너무 힘이 들었다. 나는 내 얼굴이 이렇게 생기길 원한 적도 없었고, 내 키가 이만큼 되길 바란 적도 없었으며, 내 성별도, 평생 불려야 할 이름도, 내가 정하고 지은 것이 아니었다.

뿐인가. 같이 살아가야 할 내 가족, 친구 친척 등 내 평생의 삶의 파트너들 역시 누구 하나 내 맘에 들어서 내가 고른 사람들이 없는데, 나는 이런 재능과 외모, 이런 집안 환경, 내 국적, 내가 사는 지역 그 어떤 것도 내가 원한 게 아니었는데. 그 모든 내 의사와는 상관없이 누군가가 쥐어준 것들을 가지고 앞으로 평생을 살아가야 한다는 사실이 나는 너무나 불합리하게만 느껴져서 도저히 받아들일 수가 없었다. 그래서 그 거대한 불합리함에 저항하는 길은 오로지 내 인생을 스스로 마감하는 것 외엔 없다고 생각했다.

한 생명으로 태어나 스스로 선택할 수 있는 길이 오직 그것(죽음) 밖엔 없다고 믿었던, 지금으로부터 삼십여 년 전 스무 살 언저리께의 일이다.

그랬던 내가, 어쩌다가 죽지 않고 살아남아서 이렇게 서른이 되고 마흔을 훌쩍 넘긴 나이까지 살게 되었을까.

그토록 강렬했던 생의 포기에 대한 충동에 시달리던 사람이 어쩌다가 이제는 그런 충동에 시달리는 다른 이들 앞에 서서 그 마음을 돌리려 애를 써야하는 어른이 되고 만 것일까.

만약, 누군가 내게 그 비결을 묻는다면 나는 조심스럽게 이 정도의 답을 해줄 수 있을 것 같다.

당장은 생을 포기하고픈 강렬한 충동에 힘이 들겠지만, 당장은 누구도 반박하기 어려운 고통과 절망으로 생이 가득 차 당신의 세계에서 희망이라곤 도무지 발견할 수 없을지도 모르지만, 조금만 진정하고 조금만 인내를 발휘해서 어떻게든 이 시기를 견뎌내면, 당신의 모든 문제가 해결되지는 않더라도 당신 앞에 언젠간 반드시 삶의 다른 국면이 펼쳐질 거라고, 나는 조심스럽지만 말할 수 있다는 것.

비록 그 국면이 낙원이나 천국은 아닐지라도 결코 지금처럼 빛이 없는 세상이 당신이 사는 내내 지속되진 않을 거라고, 당신에겐 지금 당신 눈에 보이는 세상만이 이 넓은 세계의 전부처럼 느껴지겠지만 결코 그렇지가 않다고, 그러니 조금만 견뎌보자고. 나는 겨우, 아주 겨우 이 정도의 말을 해줄 수 있을 것 같다.

결국 삶이란 마치 영화처럼 어떤 극적인 계기로 인해 바뀌는 것은 아니기에 그저 기대와 실망을 되풀이하며 어떻게든 버티고 살아가는 게 인생이라고 말한다면, 남들도 다 그러면서 살아가고 있다고 얘기한다면, 지금 이 순간, 생을 포기하고픈 충동에 시달리는 누군가의 마음을 돌리기엔 너무 소박한 이야기가 될까.

젊은 시절, 당신도 죽으려고 했으면서 남의 죽음은 왜 말리는 것이냐 누군가 던진 물음에 답으로 하기에는 너무 옹색한 대꾸가 될까.

몇 해 전 어떤 갓 스무 살이 넘은, 꼭 예전 나와 같던 한 젊은이의 부모님으로부터 앞서 말한 것과 같은 상황이 벌어져 한마디 해줄 것을 부탁받았을 때의 일이다.

그때도 나는 단지 이 사람이 죽지 않았으면 좋겠다는 마음만 있었지 도무지 이 젊은이가 살아야 할 이유를 어떻게든 찾아서 설득하는 일이 너무도 어려워, 했던 말을 하고 또 하면서 끝없이 말이 길어지고 있을 때, 그 부모님이 내게 고맙다며 해주었던 말은 아직도 잊을 수 없다.

"작가님. 누군가 이렇게까지 자신이 살았으면 좋겠다고 간절히 바라는 것만으로도 우리 애가 살 이유는 충분하지 않을까 싶어요. 정말 감사합니다."

그랬다. 아득히 먼 수십 년 전 내게도 곁에서 그런 말을 해주던 사람들이 있었고 아마도 나는 그런 마음들 때문에 그 고비를 넘기고 살아남았을 것이다.

물론 그들은 자기 덕분에 내가 살았다는 사실을
기억조차 하지 못할 만큼 긴 세월이 흘렀지만, 오늘도
삶은 그저 그렇게 끊임없이 되풀이되고 있는 것인지도
모른다.

　별다른 이유 없이, 그저 태어났으니까.
　어딘가에, 분명 내가 살길 바라는 누군가가 있으니까.

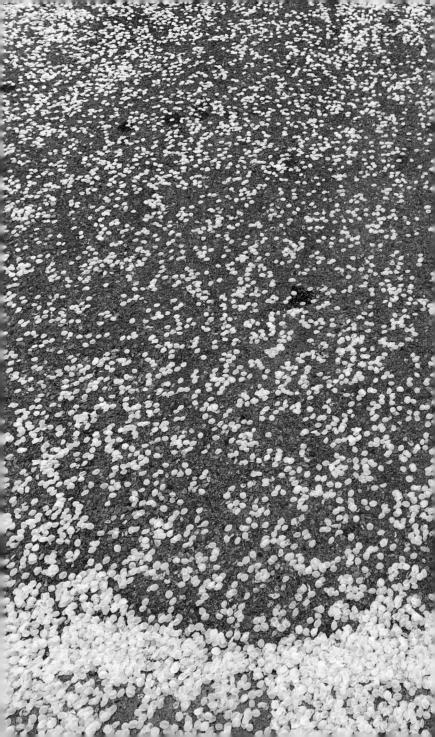

나의

언어

나는 전문가들의 언어를 듣는 것을 좋아한다.

자기 분야에서 오랫동안 훈련받고 경험을 쌓은 사람들이라야 낼 수 있는 특유의 억양과 말투 같은 것들. 언젠가 만났던 정신과 의사를 사랑하게 된 것도 그가 보통 사람과는 다른 언어를 가졌기 때문이었다. 그것은 의사의 언어요 그중에서도 정신과 의사의 언어였다.

십수 년간 전공 분야의 지식을 쌓고 외래에서 수많은 환자들을 상대한 경험 끝에 나오는 무언가 부드러우면서도 흔들림 없는 위엄과 차분함이 그의 말 속에 배어 있었다.

자기 분야에 고도로 특화된 사람들이 그 분야 특유의 전문적인 용어를 섞어가며 특유의 말투로 말할 때, 내게 그 언어는 음악 같다.

전문가란 사람들은 참 신기하다. 의사는 꼭 의사처럼 말하고 기자는 정말 기자처럼 말하니 말이다.

즐겨 듣는 시사 프로그램에 게스트로 북한 문제 전문가라는 외교관이 나온 적이 있는데, 그때도 난 감탄했다. 어쩌면 저렇게 정말 북한 문제에 통달한 외교관처럼 말을 할 수 있는 것일까.

대체 북한 문제에 통달한 외교관은 어떤 식으로 말을 하는지 나는 물론 정확히 설명할 수는 없다. 그렇지만 그가 능숙하게 구사하는 어휘들의 면면과 그의 말투에서 풍기는 특유의 전문성이 내 귀를 행복하게 했기에 그리 짐작할 뿐이다.

물론 의사나 외교관처럼 거창한 타이틀을 가진 사람들만이 자기만의 언어를 가질 수 있는 것은 아니다. 소비자들의 궁금증을 풀어주는 상담 센터 상담원은 진짜 상담원처럼 말하고(그래서 신뢰를 주고), 생각해 보면 사는 아파트의 보일러에 문제가 생겨 기계실 직원들이 고쳐주러 왔을 때에도, 그들 역시 기술자들 특유의 말투와 언어 습관이 있었다.

○

문제는 나였다. 나는 무려 삼십 년 가까이 글 쓰고 음악 하는 이로 살아왔지만, 그러므로 내게 모종의 전문성이 없다 할 수는 없겠지만, 과연 내가 음악가처럼 말하고 작가처럼 말해왔는가를 생각하면 별로 자신이 없다.

사람이 특정한 분야의 언어를 가지려면 실력은 둘째 치고 우선은 그 분야에 대한 자신의 직업적 정체성을 공고히 해야 할 텐데, 나는 내가 하는 일에 있어서

전문성은 가졌을지언정 '나는 이런 일을 하는 사람'이라고
의심 없는 확신을 가져본 적이 없다.

왜 그랬는지는 아직도 잘 모르겠지만, 나는 긴 세월
음악을 하면서도 끝끝내 내가 뮤지션이라는 사실을
인정하는 것이 너무나도 어려웠다.

영화 〈범죄와의 전쟁〉을 보면, 세관 공무원 출신으로
폭력 조직의 마약 밀매 등을 돕던 주인공에게 검사가
이렇게 묻는 장면이 나온다.

"너는 깡패도 아니고 민간인도 아니고 도대체 정체가
뭐냐?"

부패 공무원 딱지를 달고 직장에서 잘린 뒤, 마약
장사를 하는 건달들 뒤를 따라다니며 그들의 말투를
흉내내기도 하고, 그들과 섞여 형님 아우 소리도
들어가며 일을 돕기도 했지만, 끝내 조직 두목으로부터
'그렇다고 형님이 우리와 같은 건달은 아니지 않느냐.'는

소리를 들어야 했던 주인공은, 깨어져 산산조각난 거울에 비친 자신의 일그러진 얼굴을 보며 스스로도 의문을 갖는다.

"나는 누구지?"

물론, 이 영화의 주인공처럼 건달도 아니고 그렇다고 평범한 보통 사람도 아닌 이들을 일컫는 호칭이 아예 없는 것은 아니다. 그런 이들을 '반달'이라고 부른다니 말이다.

하지만 호칭이 있다고 해서 그 호칭이 어디에도 끼지 못해 혼란스러운 사람에게 꼭 소속감까지 부여해 주는 것은 아니다.

영화를 보며 나는 주인공이 그렇게 정체성에 혼란을 느끼는 장면을 볼 때마다 남몰래 공감했는데, 앞서도 말했지만 나 역시 내가 누군지, 나는 무슨 일을 하는 사람인지 확신을 가져본 적이 드물었기 때문이다.

그런 내 정체성에 관한 모호한 처지를 잘 보여주는
일화가 하나 있다. 2017년. 긴 세월 하던 음악을 그만두고
며칠 되지 않던 어느 날의 일이다. 우연히 어떤 엘피바에
갔다가 가요계에서 존경받는 한 선배님이 계시길래
인사를 드렸더니 그분이 나를 반기며 하시던 말씀은
아직도 잊히지 않는다.

"오, 석원 씨. 나 석원 씨 그 노란 책 정말 좋아해요."

어쨌거나 내가 속했던 분야에서 긴 세월 몸담아온,
이른바 선배라는 존재로부터 너의 음악이 아니라 네가
쓴 글이 좋더라는 말을 들었을 때 내가 느꼈던 기분은 꼭
앞서 말한 어디에도 속하지 못했던 영화 속 주인공이 된
것만 같은 심정이었다.

너는 뮤지션도 아니고, 그렇다고 그냥 평범한 사람도
아니고 도대체 정체가 뭐냐?

그날도 나는 평소 그래왔던 것처럼 그 선배님이 있던 음악인들 가득한 자리에 끼어 어울리지 못했다.

언어란 같은 말을 쓰는 사람들과 어울려 자꾸만 그 말을 입에 올려야 잊어먹질 않는 법이랬는데.

아마도 이래서 나는 내가 하는 일에서만큼은 나름의 전문성을 가졌으되, 그 분야 특유의 언어를 갖는 데에는 끝내 실패했는지도 모른다.

○

나는 평생 어딘가에 소속된 사람이길 바랐다. 그래서 이석원의 언어가 아니라 내가 속한 그 분야의 언어를 구사할 수 있으면 했다. 하지만 왜 그런지 나는 끝끝내 이석원일 뿐이어서, 어디서 무엇을 하든 나는 나의 말투와 억양으로밖엔 말할 수 없었다.

어떤 이들은 그런 내게 자기만의 언어를 갖는다는 건 창작자로서 오히려 좋은 일이 아니냐고도 하지만, 정작 나는 그게 좋은 것인지 잘 모른 채로 살았다.

사람의 습성이라는 게, 자기가 가진 것을
뿌듯해하기보단, 언제나 가지지 못한 것을 더 부러워하기
마련이라 그랬을 것이다. 아마도 그래서 나는 더더욱,
자기가 누구이며 무얼 하는 사람인지 추호의 의심도
없이 자기 분야에서 평생을 진력해 온 사람들의 말을
듣는 일이, 그토록 감미로운지도 모르겠다.
　나도 그런 의심 없는 확신을 한 번쯤은 꼭 가져보고
싶었기에.

　코로나 팬데믹 초기가 생각난다. 인류가 처음 겪는
난리 통에 전문가를 자처하는 사람들이 뉴스에 참
많이도 나왔었는데, 그중에서도 나를 가장 편안하게
안심시키고 다독여 주던 사람들은 당연하게도 감염병
전문가들이었다.
　워낙에 처음 겪는 전대미문의 사태여서 그런지 단지
의사라는 이유만으로 감염병에 특화되지 않은 이들도
많이 나와서 사태를 전망했는데, 그럴 때 그들의 언어는
두루뭉술하고 모호해서 전문가의 언어처럼 들리지

않았고, 끝내 그들의 분석이나 전망은 나의 불안을
해소시켜 주지 못했다.

하지만 긴 세월 감염병을 연구하고 경험해 온 이들의
말은 확실히 달랐다. 차분하고 객관적으로 사태를
전망하는 그들의 언어는 감정적이지 않았고 상황을 애써
축소하거나 부풀리지도 않았다.

언제나, 내 귀를 편안하게 하는 전문가들의 바로
그것이었다.

어쩌면 내가 그들의 언어를 그렇게 듣기 좋아하는
이유도 각자의 분야에서 묵묵히 자신의 전문성을
닦아가는 이들이, 그들의 언어가, 이처럼 세상을 지탱하고
또 살려내기 때문인지도 모른다.

보낼 수
없는

편지

우리나라 야구 대표팀이 숙적 일본에게 무려 13:4라는 큰
점수 차로 져서, 온 나라의 야구 팬들을 경악케 했던 어느
야구 월드컵 때였다. 답답한 경기가 계속되던 어느 회엔가
해설자가 던진 말이 문득 나를 더 답답하게 만들었다.

　야구라는 게 단순한 경기거든요. 공 세 개를 가운데로
찔러 넣어서 상대편 타자를 잡고, 우리가 공격할 차례가
됐을 때는 상대편 투수의 공을 때려서 점수를 내면 되는
거거든요.

그러면서 그는 이렇게 발언을 마무리하는 것이었다.

우리는 좀 더 세상을 단순하게 볼 필요가 있다고.

하지만 나는 단순함을 강조하는 그 해설자의 말에
머릿속의 단순함이 헝클어지면서 오히려 더 복잡해지는
기분을 느꼈다. 내게 그 말은 마치, 우리가 살을 빼려면
평소보다 덜 먹고 더 움직이면 되는 거라는, 당연하지만
하나 마나 한 말처럼 들렸기 때문이었다.

물론 그렇다. 체중을 줄이기 위해서는 자신이 섭취한
칼로리보다 더 많은 활동을 함으로써 그 이상의 열량을
소비하면 된다. 그럼 체중은 내려간다. 이는 아주
단순하고도 명쾌한 과학적 사실이다. 하지만 그 단순한
일을 실천하지 못해서 지금 이 순간에도 수많은 사람들이
죄의식과 스트레스 속에 꼭 해야 할 운동을 거르거나
순간의 욕구를 참지 못해 입안에 열량 가득한 음식을
잔뜩 욱여넣고 있는데, 그 앞에서 살을 빼는 일은

간단하다, 라는 말은 과연 얼마나 의미를 가질 수
있을까.

　나는 그래서 본인도 평생 야구를 했을 그 해설자의
말이 더욱 의아했다. 공을 가운데로 찔러 넣기만 하면
되는 그 단순하기 짝이 없는 일을 하는 게 너무나도
어려워서 평생 던진 공을 던지고 또 던지고, 이렇게도
던졌다가 저렇게도 던지면서 오만 수를 내도 뜻대로
잘 되지 않는 게 야구 아니던가. 그럼에도 다시 기운을
냈다가 또 다시 실망하고, 그래도 미련과 희망을 버리지
못해 다시금 도전하는 일을 평생 반복하는 게 야구요
우리 인생 아니던가.

　안다. 우리가 사는 세상이 워낙에 복잡하고 사람들은
언제나 필요 이상으로 많은 걱정과 생각에 빠져 사는
경향이 있기 때문에 때로는 한 발짝 떨어져서 단순한
시선으로 세상을 바라볼 필요가 있다는 것을 나라고
모르는 바는 아니다.

그리고 실제로 삶을 그렇게 단순한 방식으로 살아내는 사람도 어딘가엔 있을 것이다. 하지만 적어도 내가 보고 듣고 겪어온 세상은 단지 한 발 뒤로 물러서는 것만으로는 해결할 수 없는 문제들이 너무 많았다.

한 친구가 있었다. 그는 가깝게 지내는 또 다른 한 친구 때문에 남몰래 속앓이를 해온지 오래였다. 늘 자신만이 중심이 되어야 하는 그 친구의 성향 때문에, 친구는 가깝게 지내면서도 때때로 불편함을 느껴왔는데, 이제는 그 불편함이 쌓여 더는 친구의 병풍 노릇을 해줄 수가 없을 만큼 힘든 지경에 이른 것이다.

문제는 그때였다. 친구의 이런 사정 이야기를 듣고 있던 또 다른 어떤 친구가 갑자기 그 친구에게 버럭 짜증을 내는 것이 아닌가. 다른 사람 때문에 힘들어 속앓이를 하면서도 정작 그 사실을 문제의 당사자에게는 털어놓지 못하고 엄한 데다 와서 하소연을 하고 있는 친구의 모습이 답답해 보였던지 그는 말했다.

너를 그렇게 하인 부리듯 해서 모멸감을 주는 친구를
도대체 왜 만나냐.

결국, 싫으면 안 만나면 그만이지 도대체 뭐가 문제냐는
게 그 친구 말의 요지였는데, 친구가 마음고생 하는 게
속상해 그러는 줄은 알지만 타인의 행동에 너무 쉽게
답답함을 표하는 그 친구를 보면서, 나는 꼭 앞서 말한
야구 해설자의 중계방송을 보고 있는 듯한 기분을 느꼈다.

"인간관계라는 게 단순한 거거든요. 싫으면 안 만나면
되는 거거든요. 나 좋다는 사람 나 행복하게 해주는 사람
만나기도 바쁜데 날 힘들게 하고 불편하게 하는 사람을
굳이 만날 이유는 없는 거거든요."

내겐 친구의 사연을 이해할 수 없다는 듯 답답해하는
또 다른 친구의 말이 꼭 이렇게 들렸다. 불과 18.44미터
밖에 떨어지지 않은 곳에 목표 지점이 있는데, 그
한가운데로 공을 찔러 넣기만 하면 되는데, 도대체 왜

그걸 안 하느냐며 답답해하는 해설자의 얼굴이 겹쳐
보이는 듯도 했다.

맞다. 싫으면 안 보면 된다. 힘들면 나한테 왜 그러느냐
따지면 된다. 그렇게만 보면 답이 너무 간단해서 도무지
걱정할 필요가 없는 일만 같다. 하지만 현실은 어디
그런가? 살을 뺄 때도 그랬던 것처럼, 해법이
단순하다고 해서 실천하기도 단순한 건 아니라는 게 늘
우리의 문제 아니었던가?

가령 세상에는, 다른 사람에게 '나 당신 때문에
힘들다.'는 말을 꺼내 불편한 상황을 만드느니 차라리
힘들어도 '그냥 내가 참고 사는 게 낫다'고 생각하는
사람들이 있다. 그런 이들에게는 상대를 보지 않거나
연락을 피하는 일 역시 엄연한 의사표시라서, 어느
쪽이든 하기 힘들기는 마찬가지다.

내 마음이 이토록 힘든데도 그 사실을 상대에게
털어놓는 일이 왜 그렇게 어려운지는 나도 잘 모르지만,

무슨 이유에선지 세상에는 그렇게 생겨먹은 사람들이
있고, 그렇기 때문에 오늘도 이렇게 나의 친구를 비롯한
많은 사람들이 혼자 속앓이를 하다 애꿎은 친구들 앞에서
눈물을 쏟고, 잘 마시지도 않던 술을 취하도록 마시고,
그러고도 모자라 집으로 돌아가 부치지도 못할 편지를
밤이 새도록 썼다 지웠다 하면서 난리를 치는 것
아니겠는가.

○

　인생이라는 게임을 하면서, 목표 지점 한가운데에
스트라이크를 꽂아 넣어 상대를 아웃시켜 버리면 된다는
사실을 모르는 사람은 없다. 하지만 그것을 현실에
적용하기란 정말이지 쉽지 않다.
　진실된 마음으로 그저 솔직하게 내 속을 꺼내
보이면 세상에 안 될 일이 없을 것 같지만 실전은
엄연히 다른 법. 어렵게 꺼내진 마음은 상대에 의해
엉뚱한 방향으로 해석되거나, 심지어 남의 눈물어린

호소를 자신에 대한 공격으로 받아들이는 경우까지도
생긴다.

이 글을 읽고 있는 바로 당신 역시, 진심이라고 해서
무조건 누구에게나 통하는 건 아니라는 사실을 오늘도
직장에서 또 집에서, 그밖에 벗어날 수 없는 어딘가에서
몇 번이고 확인하며 살아가고 있는 것처럼 말이다.

○

삶은 정말로 단순하지 않다. 나를 힘들게 하는 사람이
하필이면 내가 꼭 필요로 하는 걸 갖고 있다면 어떡해야
할까. 그게 인맥이 됐든 다른 무엇이 됐든 말이다.
때로는 그가 내 유일한 친구여서 그 친구와 헤어지면
외톨이가 되는 것을 감수해야 할 때도 있고, 때로는 그
친구가 어디 가서 밝히기 싫은 내 약점을 너무 많이 알고
있어서 관계가 틀어지면 더 끔찍한 일이 벌어질까 두려워
힘들어도 참아야만 하는 경우도 있다.

이렇게 얘길하고 보니, 이건 무슨 친구 사이가 아니라
범인과 인질 사이 같기도 하지만 사람과 사람 사이의
관계란, 오히려 가까울수록 더욱 기가 막히고
고통스러운 형태를 띨 때가 많은 법. 언제나, 나를
정말로 힘들게 하는 건 내 가장 가까운 사람들이지
결코 모르는 남이 아니다.

그래서 우리는 오늘도 우리를 힘들게 하는 관계의
덫으로부터 빠져나오는 일이 얼마나 간단하지
않은지를 매일 절감하며 살아가고 있는 건 아닐까?

달아날 수도, 끊어내기도 어려운 사람들이 늘
내 골칫거리가 되기에.

○

하여 그렇게, 자신을 힘들게 하는 이에게
이번에야말로 자기 속마음을 털어놓으리라 몇 번이고
다짐하던 친구는, 그때마다 번번이, 상대를 거스르게

하지 않을 안전한 대화만을 나누다 집으로 돌아오는
일을 반복했다. 그리고 그때마다 친구의 마음속에 난
구멍은 조금씩 더 커져갔다.

세상에는 결코 보낼 수 없는 편지를 매일 밤 써
내려가는 사람도 있는 법이다. 부치지 못한 편지를 서랍
속에 수북이 간직한 사람만이 그 마음을 이해할 수 있지
않을까.

영원의

계산법

열두 살 때, 좋아하는 영화 〈록키 3〉의 주제가였던
'호랑이의 눈(Eye of the tiger)'이라는 곡을 참 좋아했었다.
그래서 종일 카세트 플레이어를 들고 다니면서 그 곡만
반복해서 듣고 있던 어느 날, 누나가 사뭇 의미심장한
표정을 지으며 다가오더니 내게 말했다.

"지금은 좋아 죽겠지? 근데 일주일 뒤에 들어도 여전히
좋을까?"

나는 누나가 도대체 무슨 말을 하고 싶은 건지 알 수 없었다. 이렇게 온종일 몇 번을 들어도 좋아 죽겠는 곡이 일주일이 지난다고 해서 달리 들릴 리는 없지 않은가.

그런데 달리 들리더라.

일주일은 아니고 한 열흘쯤 매일 반복해서 듣고 나자 처음에 들었던 그 멜로디와 곡의 박력이 주던 흥분을 더는 느낄 수가 없게 되었으니 말이다.

아마 그 일이, 세상 모든 것의 유한성에 대해 알기 시작한 내 최초의 경험이었을 것이다. 그리고 그에 대한 나의 원망에 가까운 의문은 근 평생을 따라다녔다.

"왜? 도대체 왜 세상의 좋은 것들은 반드시 끝이 나야만 하는 거지?"

○

언젠가 〈라디오 스타〉에 가수 이효리 씨가 나와서
결혼한 남편을 두고 말하길, (보통 부부 사이에서 남자들이
더 많이 바람을 피운다는 세간의 인식과는 반대로) 자기는
외려 자기가 바람이 날까 봐 그게 더 걱정이었다는 말을
하자, 스튜디오는 일순 술렁였다.

방송에서는 좀처럼 듣기 어려운 말이어서 그랬는지는
몰라도, 난 그 말을 듣고 오히려 참 진실되고도 현실적인
고백이 아닌가 생각했다.

누구든 결혼을 앞두고서 그 오랜 세월을 서로 변치
않고 잘 지낼 수 있을까 하는 걱정을 해본 적이 있을
것이다. 상대는 물론이거니와, 내가 먼저 변하면 어쩌나
하는 두려움에 불면의 밤을 보낸 사람들도 분명 많을
것이다.

아무리 어떤 예외의 케이스를 들고 좋은 말로 포장을
해도, 사람의 감정이란 언젠간 식기 마련이고 관계라는 건
탈 없이 유지하기가 정말 어려운 법이니까.

그런데, 이효리 씨의 그 방송을 같이 보면서 '와, 맞어.
나도 저랬었어.' 하고 공감하던 친구는 이미 결혼한 지
10년이 넘은 한 아이의 엄마였다. 그래서 내가
'그런데 어떻게 결혼할 생각을 했냐.'고 물으니 그가
말했다.

자기도 누굴 평생 좋아할 자신이 없어서 결혼을 하지
않으려고 했는데, 어떤 사람과 동거를 4년 했는데도
서로의 마음이 식지를 않더라는 거다.

그래서 생각을 해 봤다고 한다.

'4년을 같이 살 수 있는데 10년을 못 살까?
10년을 같이 살 수 있는데 20년이라고 못 살까?'

그리하여 결혼을 감행하게 된 것이라고 했다.

○

나는 4년이 가능하면 그 몇 배의 세월도 가능하지

않을까 하는 친구의 일종의 기적의 계산법을 어쩐지
이해할 수 있을 것 같았다.

　나 역시 세상엔 왜 영원한 게 없는 건지 대상도
불분명한 존재를 향해 원망도 많이 했었지만 어느 날.
차를 타고 가면서 듣고 있던 음악이 생각해보니 무려
삼십 년째 좋아해 온 곡이라는 사실을 깨달았을 때, 그만
가슴이 뭉클해지고 말았던 경험이 있지 않았던가.

　삼십 년을 변함없이 좋아하는 게 가능하다면 앞으로
남은 평생을 좋아하는 것도 가능하지 않을까, 하는
기대가 나를 감싼 덕분에 말이다.

　그러니까, 열두 살 어린 시절 나를 사로잡았던 그룹
서바이버의 '아이 오브 더 타이거'는 밤낮없이 듣다가
열흘 만에 질려버리고 말았지만, 어떤 음악은 이렇게 무려
수십 년이 넘도록 한결같이 누군가의 차 안에서 흐르고
있으니… 대체 이게 영원이 아니면 무엇이란 말인가.

고로 까마득한 어릴 적, 처음 세상의 많은 좋은
것들에는 끝이 있고 수명이 있다는 사실 앞에 실망하고
슬퍼하던 예전의 내게, 또한 지금 이 순간, 누군가와
사랑을 시작하면서 미리 끝을 걱정하고 있을지도 모를
젊은 시절의 나와 같은 고민을 하는 이들이 있다면
그들에게, 나는 이런 말을 해주고 싶다.

세상에 영원한 게 있는지 알고 싶다고? 어딘가엔 꼭
있었으면 좋겠다고?

있다. 내가 봤다. 내 친구가 개발하고 내가 검증한 그
기적의 계산법에 의하면.

그러니 너무 실망하지 말고, 미리부터 그리 두려워도
말고, 우리 인생에 평생 지속되는 무언가가 반드시 있다는
사실을 믿고서 생의 이런저런 계획을 세워도 좋을 것
같다.

3부

이렇게 또 누군가와
엇갈리고

                만 것이다

공포가 아닌
신뢰에 관한 이야기

-워킹 데드

나는 영화를 좋아하고, 그중에서도 특히 여러 겹으로 다가오는 영화를 좋아한다. 가령 프란시스 포드 코폴라 감독의 저 유명한 영화 〈대부〉 시리즈는 누군가에겐 마피아들이 나와서 총질이나 해대는 액션 영화에 불과할지도 모르지만, 다른 어떤 이들에게는 일찍이 고향을 등지고 미국으로 건너가 그곳에서 뿌리를 박고 살아가는 이탈리아 이민자 가족의 이야기일 수도 있는 것처럼 말이다.

아마 우리나라에도 많은 시청자들이 있을 것으로
짐작되는 미국의 인기 드라마 〈워킹 데드〉는 그런
의미에서 내게 대표적인 '두 겹의 작품'이다.

이 드라마는 어느 날 좀비 천국이 되어버린
세상에서 살아남고자 분투하는 사람들의 이야기로,
누군가에겐 주인공들이 언제 좀비 떼들에게 물릴지
몰라 조마조마해하며 보게 되는 일종의 공포물로
여겨졌을지 모르지만, 내게 이 드라마는 좀비물이나
공포물이라기보다는 사람과 사람 사이의 믿음과 신뢰에
관해 다루는 이른바 '신뢰물'로 더 크게 다가왔다.

무려 11시즌에 달하는 이 긴 드라마가 줄곧 보여주는
건 표면적으로는 언제 좀비에 물려 죽을지 모른다는
공포감이지만 사실은 그 공포가 지배하는 세상에서 만난
생면부지의 낯선 사람들이, 어떻게 처음에 가졌던 서로에
대한 의심과 경계를 풀고 조금씩 믿음을 쌓아가는지를
반복해서 보여주는 작품이기 때문이다.

처음에는 자기 형을 죽인 릭과 원수로 만났다가
나중에는 친형제보다 더 가까워지는 데릴. 그러면서 점점
악인이었던 형의 그늘에서 벗어나 남을 돕는 존재로
거듭나게 되는 그.

처음 만난 낯선 사람들을 도무지 믿지 못해 사고도 많이
치다가 진심으로 공동체의 일원이 된 후로는 가장 긴 세월
사람들의 곁을 지키는 신부 가브리엘.

거기에 자기 아버지를 죽인 무리에 속해 있던 인물조차
너는 그들과 다르다며 동료로 받아주는 매기까지.

○

나는 어떤 영화에서든 이렇게 사람들이 처음에
서로에게 가졌던 의심과 경계를 지우고 조금씩 신뢰를
쌓아가는 모습을 보는 걸 유독 좋아하는데, 그건 아마
현실에서는 영화에서처럼 손쉽게 신뢰를 쌓기가
생각만큼 쉽지 않은 탓인지도 모른다.

더구나 나는 오랜 세월 창작자로 살아왔고, 창작자란 대중의 신뢰를 얻지 못하면 그 일을 지속할 수도, 먹고살수도 없으니 만큼 영화에서나마 그렇게 신뢰를 얻고픈욕구를 대리 해소하려 했던 것은 아닐까?

한번은 이런 일이 있었다. 언젠가 오랜 친구 하나와 작은 오해가 생겨 서로 얼굴을 붉힐 일이 있었는데, 내딴에는 화해의 시도를 한다고 이것저것 여러 시도를하긴 했지만, 적어도 표면적으로나마 우리가 잃었던신뢰를 다시 되찾기까지, 그러니까 그 친구가 나와 이야기나누면서 다시 전처럼 박장대소하며 환하게 웃기까지의시간을 헤아려보니 무려 4년이란 시간이 소요되었다는사실을 알았을 때의 기분이란.

그날 나는 참으로 오랜만에 내 앞에서 웃는 친구를보면서 영화가 아닌 현실에서 잃었던 신뢰를 되찾는다는게 얼마나 어려운 일인지를 절감하고 또 절감했다.

어쩌면 현실의 일이 이토록 지난하고 뭐든 수월히 되는 법이 없기에 나는 영화 보는 것을 그렇게나 좋아하는지도 모른다. 그곳에서는 꿈도 현실에 비하면 너무 손쉽게 이뤄지고, 사람과 사람 사이의 갈등 역시 비교적 간편하게 봉합이 되곤 하지 않는가.

편집이라는 마법으로 말이다.

한편 신뢰란 꼭 내가 아닌 다른 사람하고만 주고받을 수 있는 것은 아니다.

내가 정말 이 일을 잘 해낼 수 있을까?

난 왜 이것밖엔 안 되지?

나는 스스로를 믿지 못해 자신을 오래도록 의심해 온 많은 이들을 보았고, 그게 얼마나 사람을 시들게 할 수 있는지도 안다. 왜냐하면 내가 그랬기 때문에.

그러니 의심이라는 게 누굴 그렇게 시들게 할 수 있다면 사람이 사람을 믿는다는 건 반대로 누군가를 살리는 길이 될 수도 있지 않을까?

그래서 나는 오늘도 거울을 보며 생각한다.

이제 그만 사람 하나 살리는 셈 치고 너 자신을 한 번
믿어보라고. 스스로를 그렇게 오래 믿지 못하는 것도
어쩌면 자신에게 죄를 짓는 일인지도 모른다고.

만약, 내가 헐리우드 영화 속 주인공이었다면 스스로를
믿는 일이 이렇게나 힘들지는 않았을 것이다.

이별의

힘

나는 내가 뭐든 떠나보내야만 소중함을 깨닫는
미련한 존재라는 사실을 진즉에 알았다.
그래서 심지어는 사놓고 입지 않게 되는 옷이 있으면
누굴 줘버리거나 팔거나 해서 일부러 떠나보내는 일을
종종 하기도 한다.

　그러면 그 옷이 내 옷인지 아닌지 알 수 있기
때문에.

그래. 너와의 인연은 여기까지다. 이제 다시 볼 일은 없을 거야, 하고 작별을 고하는 순간, 아무런 느낌이 들지 않는 옷이 내 것일 리 있을까.

애초부터 우리가 함께 할 인연이 아니었다는 사실을 헤어져 보고서야 알게 되는 순간인 것이다.

반면, 막상 떠나보낸다고 생각하니 후회가 되고, 돌아서도 자꾸 생각나는 옷이 있다면 큰 의심 없이 내 것이라 여겨도 좋을 것이다. 실제로 헤어져 보기 전에는 결코 알 수 없었던 가치를 깨닫게 되었으니 말이다.

보통 그런 상황이 되면 나는 웃돈을 주고서라도 옷을 다시 찾아오는 편인데, 친구들은 그런 나의 행동이 쓸데없는 돈 낭비라고 혀를 차기도 하지만, 나로서는 돈을 주고서라도 뭔가에 대해 확신을 가질 수 있다면 어느 정도의 액수는 지불할 용의가 있다는 입장이다.

그렇게라도 해서 오래 잘 입을 수 있다면 사놓고 아예 입지 않는 것보다는 덜 낭비가 아니겠는가?

물론 이런 방식에 동의하지 않는 사람들도 많겠지만
말이다.

○

　내가 이렇게, 어떤 대상이 내게 주는 의미를 깨닫는
데에 있어서 떠나보내는 방법이 효과가 크다는 사실을
알게 된 건 15년쯤 전이었다. 이혼을 해서 부모님과
같이 지내게 되었는데, 나는 그때 그 집에서 사는 일이
여러모로 쉽지 않았다.
　나이 들어 부모님과 함께 지내야 하는 번거로움은
둘째 치고라도, 이름난 아파트라는 사실이 믿기지 않을
만큼 적나라했던 층간 소음이며 말썽 많던 그놈의
보일러까지….
　그래서 나는 어떤 공간을 어서 떠나게 되기만을
바라며 살았었는데, 나는 그때 그 집에 정말 화가 많이
나 있었는데, 시간이 흘러 진짜로 이사를 가게 되자 내
기분이 왜 그랬을까.

어느 날 조금은 갑작스럽게 어머니로부터 이사를
가야 한다는 사실을 통보받은 내 마음은 이상하게도
후련한 게 아니라 무언가 서운하고 아쉬운 쪽에 더
가까웠다.

이곳이 이토록 조용했었나? 이 집이 이렇게나 쾌적하고
살기 좋은 곳이었단 말인가?

떠나게 되고 나서야 이제는 어떤 소리도 참을 수 있을
것 같았고, 그렇게 관대해진 마음은 그곳에서의 마지막
한 달을 사는 동안 가장 아늑하고도 애틋한 순간으로
만들어 주었다.

어디선가 들려오던 그 많던 정체 모를 온갖 소음들은
왜 갑자기 자취를 감춰버린 건지, 평소 못마땅하던
아파트 곳곳에 조성된 인공 연못들은 갑자기 또 왜 그리
정겹게만 느껴지는 건지, 다 이별의 힘 덕분이었을
것이다.

떠나게 되지 않았던들 그리 마음이 너그러워질 수도
없었을 것이고, 그럼 그 집에 계속 정을 주지 못한 채 내내
불만투성이로 살았을 테니까.

그로부터 15년의 세월이 흐른 지금.

나는 서울 강북 외곽에 있는 어느 오래된 아파트의
14층 첫 번째 집 베란다에 서서, 익숙한 동네 풍경을
내려다보며 생각에 잠겨 있다.

사는 동안 결코 좋은 일이 많았다고는 할 수 없는
곳이었다. 한 번은 많이 아프기도 했었고, 딱히 하는 일이
잘된 것도 아니었으니까.

하지만 역사는 반복된다고 했던가. 15년 전 이사를
앞두었던 꼭 그때처럼, 나는 이래저래 정을 줄 구석이
별로 없다고 느끼던 곳과의 이별을 앞두고는 또다시 진한
아쉬움에 잠겨 있다.

아마 얼마 전, 집주인의 통보로 이제 다시 오래 머물던
어떤 공간을 떠나야 하는 처지가 되었기 때문일 것이다.

사실 예전 그때처럼 단지 떠나게 되었다는 이유만으로
이리 아쉬움에 사로잡히게 된 건 아니었다. 앞서도 열거한
여러 문제들 때문에 처음엔 잘됐다 생각하던 마음이

조금씩 누그러지기 시작했던 건, 모르는 이들에게 집을
보여주기 위해 전에 없던 강도로 청소와 정리를 하기
시작하면서부터였다.

○

나름 청결하다는 소릴 듣는 편이지만 사실 청소와
정리라는 건 제대로 하려고 들면 아무리 해도 부족한
법이다. 평소 집에 가족조차 잘 들이지 않는 나는,
생면부지의 타인에게 내가 사는 곳의 너저분하고 누추한
꼴을 보여주어야 한다는 두려움에, 이곳에서 살던 지난
8년간 한 번도 해본 적 없는 세밀한 강도로 청소와 정리를
하기 시작했다.

몇 주일을 치워도 여전히 버릴 물건들이 있었고
구석구석 닦아내야 할 묵은 먼지와 때들은 끝이 없었다.
살면서 눈에 보이는 곳만을 깨끗이 하며 스스로 청결하다
자부해 온 것이었으니, 그간 내가 했던 건 청소가 아니라
그저 더러운 것들을 눈에 보이지 않는 어딘가로 치워버린

행위에 불과했는지도 몰랐다.

　그렇게, 내가 사는 공간을 오래 방치했다는 미안함과
부끄러움으로 나는 온 집안을 쓸고 또 닦았고, 그러면
그럴수록 집은 점점 더 내가 알던 것과는 다른 곳이
되어갔다. 늘 막연하게 내가 사는 곳의 면적이
부족하다고만 느껴왔었는데, 그래서 새집은 보다
큰 곳만을 찾아다녔는데, 불필요한 물건들을 죄다
버리고 다시 제대로 정리 분류를 하고 나자 생각
못 한 여분의 공간들이 참 많이도 생겨났다. 베란다에
있던 그 많은 타지도 않던 실내 자전거며 온갖 잡동사니에
가까운 물건들을 모조리 버리고 나자 휑뎅그렁할 정도로
널찍한 공간이 새로이 생겨나는 걸 봤을 때의
놀라움이란. 그 공간을 다시 윤이 나도록 종일 소독하고
닦은 후 마른 수건으로 비오듯 흘러내리는 땀을 닦으며
바라보던 우리 동네 풍경은 어찌나 넓고 시원하던지.

　와, 이곳이 이랬었나?

이렇게나 훌륭한 전망을 갖고 있었는데, 이렇게나
충분한 공간이 있었는데, 나는 어째서 내가 사는 집의
진가를 이리도 모르고 살았던 것일까.

그저 좁은 평수에, 별로 좋은 일이 생긴 적도 없다는
등의 이유로 정을 주지 않던 곳에 이렇게나마 또 이사를
가게 되었다는 이유로 뒤늦게 쓸고 닦으며 정을 주고 나니,
공간은 마치 그런 내게 화답이라도 하듯 넓고 예쁘게
다시 태어났다.

마치, 떠나게 된 것을 후회라도 하라는 듯이.

○

다시 처음 이야기로 돌아가서 언젠가 백화점에서
어떤 물건 두 개를 샀을 때의 일이다. 고민 고민해서
산 것들이건만, 막상 그것들을 사서 집으로 데리고 오자
내가 왜 이걸 샀는지 이게 정말 내게 필요한 물건인지를
도무지 모르겠는 거라.

그래 다음 날 다시 백화점에 가서 물건을 되돌려주고 나서야 나는 분명히 알 수 있었다. 어떤 게 내게 진짜로 필요하고 어떤 게 하등 필요가 없는 것인지를.

하여 돌려주었어도 생각이 나지 않던 물건은 그대로 두고, 집에 와서도 내내 눈에 밟히던 물건은 며칠 후 도로 데려와 두고두고 잘 썼다는 이야기인데, 이런 경험이 내게 주는 교훈은 역시나 일부러 헤어져 보는 방식, 그러니까 이른바 '이별의 힘'이 가지는 효과 같은 것들일 테지만 한편으론 그런 생각도 든다.

세상 모든 것들에 이런 방식을 적용할 수만 있다면 얼마나 편하고 좋을까마는 현실에선 그럴 수 없는 것들도 많다는 게 문제라면 문제 아닐까.

옷이나 물건이야 그럴 수 있다 쳐도 집을 어떻게 물렸다 도로 찾아올 수 있겠으며, 더구나 사람은 소중함을 느끼기 위해 일부러 헤어져 볼 수도 없는 노릇이니, 뭐든 떠나보내기 전에 미리 그 진가를 알고 소중히 여길 수만 있다면 얼마나 좋을까.

나는 바로 그런 마음을 가지고, 이번에 새집으로
이사를 가면 어떤 아쉬움이 느껴지든 그 단점들이 죄다
상쇄될 때까지 내가 먼저 정을 듬뿍 줘 볼 작정이다.

　다시는 아쉬움 속에 소중한 것을 떠나보내지 않도록.

　이래서 사랑은, 지난 사람한테 받은 걸 엉뚱하게도 다음
사람에게 주는 이어달리기가 아닌가 하고, 나는 예전에
책에 썼는지도 모르겠다.

믿음

어머니, 아버지에겐 오랜 꿈이 있으셨다.

그런 종류의 마음을 꿈이라고 부르는 게 맞는지는
모르겠지만, 두 분은 갖고 있던 대단찮은 부동산을
모아 더 큰 재산을 일구려 하셨다. 꿈은 끝내
이루어지지 않은 대신 집안에 우환을 안겼다. 마치
하늘이 왜 가진 것에 만족하지 못하고 분수 넘치는
꿈을 꾸었느냐 벌이라도 내리는 것 같았다.

땡전 한 푼 없는 신세가 된 아버지는 먼 곳으로

고난의 길을 떠나셨고, 엄마는 마지막 남은 돈을 그러모아 안암동 주택가에 작고 허름한 집 하나를 구하셨다.

아버지도 어머니도 이리저리 떠도는 신세가 되셨기에 사실상 나만을 위한 공간이 되어버린 그곳은 내게 추억이라기보단 기억이 더 많은 곳이다.

원래 하나였던 방을 얇고 조잡한 나무 합판으로 중간에 벽을 세워 억지로 개수를 늘린 방. 바닥 수평이 맞지 않아 샤워를 하다 보면 금새 복숭아뼈 근처까지 거품 섞인 물이 차오르던 욕실. 참, 그것도 생각난다. 옆집과의 간격이 너무 좁아 남의 코고는 소리까지 들으며 잠을 청해야 했던 안암동에서의 잊지 못할 여름밤들…

그런데, 부모님의 좌절이 빚은 그 모든 불행은 뜻밖의 결과를 낳았다. 내 나이 서른여덟. 나는 그때 생애 첫 책을 쓰고 있었는데 갑자기 무일푼이 되신 부모님의 생계를 책임져야 한다는 절박감이 나로 하여금 글에 무섭도록 집중을 하게 만든 것이었다.

집안이 망해버리고, 다른 식구들은 뒷일을 수습하러
우울증 약까지 먹어가며 뛰어다닐 때, 나는 가족의
생계를 책임져야 한다는 명분으로 그 모든 상황에서
열외가 되어 미친 듯이 글만 썼다. 사람이 극한
상황에 몰리면 얼마나 큰 집중력을 발휘하게 되는지
나는 그때 처음 알았다. 눈앞에 벌어진 일들을
생각하면 나 역시 제정신에 살지 못해야 마땅한데도,
글을 쓰기 위해 컴퓨터 앞에만 앉으면 마음이 그렇게
담담하고 평온해질 수가 없었다. 그리고 그런 평온함
속에서 나는 어떤 주제로든 (내가 보기에도) 괜찮은
글을 하루에도 몇 편씩 뽑아낼 수 있었다. 그렇게
쓴 글을 보내는 족족 출판사는 따봉 이모티콘이
몇 개씩 붙은 답장을 통해 만족감을 전해왔다.

매번 원고를 보내놓고는 떨리는 심정으로 메일함을
열 때마다, 나는 최상급의 아주 질 좋은 과일을
생산하는 능력 있는 과수원지기가 된 것만 같은
기분이었다. 이제 이것들을 시장에 내다 파는 일만
남았는데…

놀랍게도, 나로서는 첫 번째 수확물이었던 그 과일을
사주는 사람들이 꽤 있었고, 덕분에 몇해 후 부모님이
다시 같이 사시게 되었을 때, 나는 도봉구에 있는 작은
아파트 하나를 월세로 마련해 드릴 수 있었다.

오래되고, 공간이 작은 것은 안암동과 매한가지였지만
명색이 아파트였던지라 적어도 욕실 바닥에 물이 찰
걱정은 하지 않아도 되었던 곳.

○

시간이 흘러서 우리 가족이 입었던 상처도 어느 정도는
아물게 된 후로, 어머니와 나는 가끔 그때 이야기를 한다.
그때 그렇게, 집안이 망하고 나 개인적으로는 불치병
진단을 받는 등의 온갖 시련이 닥치지 않았어도 나는 첫
책을 그런 글들로 채울 수 있었을까?

그래서, 만약 첫 책이 지금과는 다른 모습이었다면
과연 그렇게 오랫동안 사람들이 나의 책을 읽어주는 일이
가능했을까?

그 덕에 나는 계속해서 책을 내며 살아가고, 우리
세 식구 이렇게 다시 모여 조금씩이지만 집의 평수도
넓혀가면서, 그렇게 따로 또 같이 서로를 돌보며 살 수
있었을까? 마지막으로 과연 우리가, 이렇게 작은 곳에
살면서 더 큰집에서 살 때와는 비교할 수 없는 감사함과
행복감을 갖고서 살아갈 수 있었을까?

아니, 아닐 것이다. 나를 둘러싼 상황이 달라진다면
내가 쓰는 글 또한 달라졌을 것이고, 그랬다면 첫 책이 준
그 모든 행운같은 일들도 필시 오지 않았을 테니까.
달라진 원고를 본 디자이너는 그런 노란색 표지를
떠올리지도 못했을 것이고 책의 운명이 바뀐 만큼 책을 쓴
사람의 운명도 어찌 될지 몰랐을 터.

○

생각해 보면 참 얄궂고도 기가 막힌 일이었다.
결과론이긴 하지만, 나를 포함한 가족들이 그 모진

고생을 하지 않았다면 나는 작가가 될 수 없었을 테니 말이다.

물론 누구도 원해서 일이 그리 된 것은 아니었지만, 다만 나는 그때 그 힘든 시절을 겪어내면서 세상 모든 일에는 한쪽 면만 있는 것은 아니라는 사실을 알게 되었다. 불행인 듯 싶었던 일이 누구도 예상 못한 행운으로 이어질 수도 있고, 그 반대의 경우도 얼마든지 가능하다는 것을 말이다.

7447. 이것은 당시 내가 타고 다니던 차의 번호다. 오래 전에 타던 차의 번호를 굳이 아직까지 기억하고 있는 이유는, 공교롭게도 그 차를 몰던 때 나는 마치 그 차의 번호처럼 어떤 안 좋은 일이 생겨도 (4) 결국엔 좋게 (7) 마무리가 될 거라는 미신 같은 믿음에 사로잡혀 있었고, 덕분인지 그 차를 모는 동안엔 조금 안 좋은 일이 닥치더라도 크게 불안해 하지 않으며 그 상황을 견딜 수 있었다.

○

　시간이 꽤 흘렀으니 이제는 남의 차가 되었거나 어쩌면 폐차가 되었을지도 모르지만, 나는 아직도 내가 그 차를 타던 시절, 우리 가족을 힘들게 했던 그 모든 일들이 내게 준 것들을 마음속 깊이 간직하고 있다.

　세상 모든 일에는 여러 가지 면이 있다는 것.

　때문에 혹 불행이 닥치더라도 그것이 온전히 불행으로 끝나지는 않을 거라는 믿음을 갖게 되었다고 할까.

　때로는 근거는 없지만 이런 확신에 가까운 믿음이 사람을 살게 하는 힘이 되어주기도 한다. 아마도 그런 믿음을 사람들은 희망이라 부르는 것이겠지.

작은

승리

요즘은 밤이 되면 넷플릭스에서 재미있는 드라마 한 편
보고 자는 게 낙이요 소일거리라고 말하는 사람들이 많다.

영화나 드라마를 본다는 건 결국엔 이야기를 즐긴다는
건데, 어려서부터 어른이 되어서까지 사람들은 책과
티비와 극장 등을 통해 수없이 많은 이야기를 접해
왔으면서도 여전히 왕성하게, 막말로 지겨운 줄도 모른
채 오늘도 새로운 이야기를 찾는다. 이야기가 무엇이길래
사람들은 그걸 이렇게나 좋아하는 걸까.

만약 내가 언젠가 인도 갠지스 강가에 자리한 한
호텔에서 1년을 몸져누워 지냈던 일에 대해 이야기해
보겠다고 하면, 누군가는 흥미를 느끼는 사람들이
있을지도 모르겠다.

왜냐하면 한국에서 태어나 그곳에서 평생을 자란
보통의 사람들은 그런 경험을 해볼 일이 거의 없을 테니까.

사람들이 이야기에 식을 줄 모르는 흥미를 느끼는
이유는 여러 가지가 있겠지만 나는 그중에서도 다른 삶에
대한 끝없는 동경과 호기심이라는 부분에 대해 주목하고
싶다.

인간은 누구나 딱 한 번 태어나서 단 한 번 뿐인 삶을
산다. 때문에 그 평생을 통해 맛볼 수 있는 건 그게 직업이
됐든 사람이 됐든 여하한의 상황이나 경험이 됐든 한계가
있을 수밖엔 없는데, 이야기는 바로 그런 개인의 경험적
한계를 무한히 확장시켜 준다.

다시 말해서 이야기는 끊임없이 남의 삶을 맛보게

해주기에 사람들은 그걸 보며 재미를 느끼고 궁금함에
이끌리고 함께 분노하고 슬퍼하기도 하면서 횟수에
제한이 없는 불사의 삶을 사는 것이다.

〇

그런데 사람들은 뭔가를 좋아해서 그걸 습관처럼
즐기고 누리면서도 그 이유에 대해서는 잘 생각하려 들지
않는다. 안 그래도 바쁜 세상 무엇하러 놀고 즐기면서까지
그런 걸 따지고 있겠는가.

'그냥'이라는 간편한 이유도 있는 터에.

하지만 작가란 바로 그런 일을 대신해 주는 사람이고,
그래서 누군가의 글을 읽다가 내가 뭔가를 왜 좋아하는지
반면 왜 어떤 것에는 무관심한지 등에 관해 나름의
그럴듯한 분석을 통해 알게 되면 속이 뻥 뚫리는
기분과 함께 일종의 '해석 당하는 쾌감'을 느끼기도 한다.

언젠가 〈어벤져스〉라는 히어로물 영화를 보면서, 왜 어떤 장면에서는 굉장한 흥미를 느끼며 집중하다가 또 어떤 장면에서는 관심이 시들해지는지 나는 그 이유에 관해 생각해 본 적이 있다.

가만히 보니 나는 주로 지구의 어느 도시 위에서 벌어지는 장면에서는 흥미를 보이다가, 현실성 없이 너무 먼 우주나 같은 지구에서라도 도시 바깥에서 벌어지는 일들에는 상대적으로 덜 흥미를 느낀다는 사실을 알았다.

왜 그럴까. 왜 나는 영화든 책이든 주로 도시를 배경으로 펼쳐지는 이야기를 좋아하고, 야자수 가득한 휴양지로 벼르고 벼른 여행을 가더라도 금세 도로를 달리는 많은 차와 높은 건물들에 향수를 느끼고 마는 것일까.

그 이유는 아마도, 내가 도시에서 태어나 평생을 그곳에서만 살아온 도시인(都市人)이기 때문일 것이다.

그것도, 그냥 도시인이 아니라 나는 서울 광화문처럼 그

어느 곳보다 차도 많고 사람도 많은 복잡하고 활발한
도심에서 평생을 살아 왔다. 어릴 적 어머니를 따라
지금의 경복궁 내에 있던 공무원 후생관으로 매일 장을
보러 다니던 기억이 지금도 선연히 남아 있는, 한마디로
도시, 그중에서도 가장 활발하고 복잡한 도심
한복판에서 살아온 나의 이력이, 성인이 되어 온전한
취향을 형성하는 과정에까지 영향을 미쳤다고 할까.

○

　이렇게, 자신이 뭔가를 좋아하는 이유를 헤아리다 보면
스스로를 조금은 이해하게 되고, 그런 과정을 통해 우리는
자기 자신에게 한 뼘 더 다가가는 경험을 하게 될지도
모른다. 나를 알고 또 타인을 이해하는 일은 어째서
중요할까. 병법에 적을 알고 나를 알면 백전백승이라고
했다. 물론 삶을 살아낸다는 것이 꼭 세상과의
전쟁이거나 누군가와 승부를 겨루는 일이라고 할 수는
없을 것이다.

하지만 자신에 대해 조금 더 알게 되어서 불필요한
자책을 하지 않게 되거나 타인을 좀 더 이해함으로써
누군가와 친구가 될 수 있다면, 그런 멋진 일을 생의 작은
승리라 부른들, 그리 과한 표현은 아니지 않을까.

작은

마음

사람이 사랑을 하는 데 있어서 의리라는 말이 가지는
의미를 나는 잘 모르겠더라. 둘이 좋아서 사귀다가 시간이
지나 열렬했던 마음도 어느새 사그라들고, 이제는 열정도
애정도 거의 사라진 지금, 마음속에서는 새로운 존재에
대한 갈망마저 불쑥불쑥 솟아오르는데 단지 그 마음을
행동으로 옮기지 않는다고 해서 그게 상대에 대한 예의를
지키는 것이라 할 수 있을까?

좀 더 직설적으로 말해보자. 마음속으로는 수도 없이 다른 사람을 만나고 싶은데 그걸 실천하지 않는다고 해서 그건 바람이 아닌 것일까? 아니면 그것도 바람은 바람이되 정말 바람을 피우는 것보다는 덜한 바람인 것일까? 그래서 그 정도는 용서 가능한 정도의 잘못인 것일까?

모르겠다. 정말, 난. 마음은 굴뚝같은데 실천을 하지 않는 것이 의리라면 그 의리라는 게 정말 그렇게 가치가 있는 일인지. 혹 그렇게 다른 생각이 나서 막 괴로울 정도라면 이미 그 마음은 오염이 되어 돌이킬 수 없는 상태가 되어버리고 만 것은 아닌지.

○

주위에 오래된 커플이 있었다. 그중 한 친구가 어느 날 내게 말했다. 하도 한 사람하고만 오래 만나다 보니 가끔은 다른 사람을 만나보고도 싶어진다고.

그러더니 친구는 마치 지금 자기가 하는 말은
농담이라는 듯 웃으며 무마하려 했지만, 나는 뭐 그럴 수
있는 일이라고 생각했다.

'누굴 오래 만나다 보면 들 수 있는 자연스러운 감정이
아닐까?'

그렇게 친구의 마음을 이해했던 것인데, 이어진 친구의
다음 말이 나로선 뜻밖이었다. 그렇게, 마음속에서나마
다른 생각을 한다는 것이 상대에게 미안해 가끔 그런
생각이 들 때면 사랑한다는 문자를 보내곤 한다는 게
아닌가.

아… 버젓이 만나는 상대가 있는데도 다른 사람이
생각날 때도 있더라는 말에는 그러려니 했었는데.
사랑해서가 아니라 미안할 때에도 사랑한다는 말을
건넬 수 있다는 사실 앞에서는 난 그만 마음이 조금
슬퍼지고 말았다.

시간은 흘렀고, 그 친구는 여전히 예전의
그 사람과 만나고 있었다. 한번은 함께 밥을 먹으며
이야기를 나누고 있는데 음식을 갖다주는 직원이
잘생겼다며 좋아하는 친구를 보면서
나는 예전에 우리가 나눴던 대화가 생각나
말을 꺼냈다.

야. 네 그 사람도 어디 가서 다른 여자 보고 예쁘다고
좋아하고 막 그러고 있을까?

내 말은 들은 친구는 별로 대수로운 일은 아니라는 듯
무심히 내게 대꾸했다.

모르지 뭐. 그 사람이라고 나 말고 다른 사람한테 눈길
준 적 없겠어? 만난 지 십 년이 다 되어가는데.

○

친구의 말을 듣고 나는 더더욱 궁금해졌다. 오래 만나면 저렇게 서로에게 관대한 상태가 되고 마는 것일까? 상대가 다른 사람에게 눈길을 주든 말든 상관을 안 하게 될 정도로?

나는 혹시 지금의 이 둘을 묶고 있는 감정이 사람들이 흔히 말하는 그 '의리'라는 게 아닌가 싶어 다시 물었다.

야. 사람과 사람이 만나는데 의리라는 게 대체 뭘까. 좋아하는 감정도 전처럼 뜨겁지 않고, 눈에는 다른 사람이 막 들어오는데 그걸 의리라는 명목으로 실제 행동으로 옮기지 않는다고 해서 그게 그렇게 의미가 있는 일이라고 할 수 있을까?

이미 마음은 오염되어 버렸는데 말이지.

내 말을 들은 친구는 그런 나를 보며 마치 내가 무슨 말을 하고 싶어 하는지 알겠다는 듯 빙긋이 웃어 보이더니 이렇게 말했다.

왜 의미가 없어. 무슨 일이든 간에 머릿속으로 생각만 하는 거랑 정말 일을 저질러 버리는 거랑 얼마나 큰 차이가 있는데. 내 동생이 이번에 자기 다니는 회사에서 12년간 근속했다고 포상을 받았거든? 근데 걔가 뭐 그 회사가 너무 좋고 아무 고민, 불만 없어서 그렇게 안 그만두고 다닌 줄 알어?

걔 맨날 회사 가기 싫어서 울고, 사장이 싫어서 미치겠다, 누구 때문에 너무 힘들다, 왜 내 연봉만 조금 올려 주냐, 얼마나 앓는 소리를 많이 했는데.

친구는 서로 좋아하던 두 사람 사이에 생기는 의리라는 감정의 실체와 의미를 조금은 집요하게 알고 싶어 하는 내게 계속 말했다.

근데 상이라는 게 그렇잖아. 중요한 건 행위고 결과지 누가 어떤 마음으로 그 일을 했는지가 뭐가 중요해. 학교 가기 싫어 죽겠어도 안 빠지고 다녔으면 개근상 탈 자격 충분하고 그 자체로 의미가 있는 거지. 내 동생도 다른

사람들처럼 매일 회사 그만두고 싶어서 난리였지만 결국
중요한 건 다른 사람들은 그걸 실천에 옮겼고
내 동생은 어찌됐든 그 긴 세월을 안 그만두고
다녔잖아.

그게 의리인지 책임감인지 다른 뭔지는 모르겠지만
그저 안 그만두고 다녔다는 사실 자체가 네 말대로 정말
그렇게 의미가 없는 일이라면 뭣하러 회사에서 상을
주겠냐고.

○

모르겠다. 친구의 말을 듣고 나는 회사에 다니는 것과
누굴 좋아하는 일은 엄연히 다른 종류의 일이 아닐까
생각은 하면서도 그 뒤로 이상하게 친구의 말이 귓가에
오래 남았다.

중요한 건 어떤 마음을 가졌든 결국에 어떤 선택을 하고
어떤 행동을 하는가가 아니겠냐던 그 말 말이다.

나는 음악을 하는 내내 수도 없이 그 일을 그만두고
싶었다. 그런 마음을 갖고 한 일이기 때문에 그 일과
그 일을 하던 세월이 내게 결코 의미를 가질 수 없다고
생각했다. 그래서 음악을 정말 그만두었을 때, 성인이 되고
난 후의 내 인생에서 거의 전부에 해당하는 23년이라는
시간을 잃어버렸다는 생각에 얼마나 괴롭고 슬펐는지
모른다.

그런데 '무슨 마음으로 했건 어쨌든 한 건 한 거'라는
친구의 말은, 애초 내 관심사와는 다른 방향의 말이긴
했지만 이상하게도 내게 묘하게 위안을 주는 구석이
있었다.

정말로… 그렇게 달아나고 싶었는데. 그렇게
때려치우고만 싶었는데. 어쨌든 버틴 이십여 년의 세월이
그 버틴 자체로 의미를 가질 수 있단 말인가.

친구는 말했다.

"그 사람이라고 나 말고 다른 사람 생각해 본 적
없겠어? 만난 지 십 년이 다 되어가는데. 그치만
미안해서건 의리 때문이건 뭐건 그런 마음을 행동으로
옮기지 않는 건 상대를 생각하지 않으면 할 수 없는
일이잖아.

우리가 함께 보낸 그 수많은 순간들이 여전히
소중하니까, 나 자신을 그렇게 함부로 놔버리고 싶지
않으니까 참는 거지. 여전히 사랑하니까."

○

친구의 말 한마디로 잃어버렸다고 생각했던 수십 년의
세월이 갑자기 되찾아지지는 않았다. 하지만 만약 언젠가
내가 다시 음악을 하게 된다면, 그것은 어느 정도는
친구의 저 말 덕분일지도 모르겠다.

왜냐하면 나는 음악뿐만이 아니라 사람이 무슨 일을
할 땐, 그 일이 아니면 안 되는 어떤 절박한 마음과 열정
같은 것들이 반드시 필요하다고 믿어왔다.

그래서 나는 내게 그런 확신과 열정이 없다는 사실에
오래 고민했고, 그런 것들이 없이는 다시 음악을 해서는
안 된다고 믿었다.

그런데 친구의 말에 따르면, 꼭 그렇게 강렬하게
원하는 마음이 아니라 해도, 여전히 남들처럼 음악이
아니면 죽을 것 같은 심경은 아닐지라도, 그저 작게라도
내가 원하면 그 일을 다시 해볼 자격은 충분하다는 것
아닌가.
남들 같은 확신은 커녕 여전히 이 일을 다시 하는 게
맞는 건지 끊임없이 의심이 든다 해도, 하다가 또 하기
싫어지는 한이 있더라도, 바로 지금, 그 일에 조금의
미련이 남고, 때로는 새로운 곡을 써보고 싶은 마음이
들기도 한다면, 그것만으로도 뭔가를 해볼 자격은
충분하다는 것 아닌가.

하여 어떤 마음을 갖고 했던 일단 한 건 한 거라는
친구의 말대로, 나는 훗날 언젠가 기타를 다시 튕기고

노래를 흥얼거리게 될지도 모르겠다.

　적어도 음악에 대해 아직 그 정도의 작은 마음은 내게

남아 있기 때문에.

상상과

추측

10년 전쯤, 지금 사는 곳에 처음 이사 오던 때의 일이다. 아파트 마당에 서서 사다리를 타고 올라가는 짐들을 멍하니 바라보고 있는데 지나가던 누군가가 내게 이런 말을 했다.

조심하라고. 잘 사는 동네에선 주민들이 경비한테 갑질을 하지만 이런 서민 아파트에선 경비가 주민들한테 큰소리를 치기 마련이라나?

그때가 아마 강남 어느 아파트의 경비원이 주민에게 갑질을 당해서 세상이 시끄러웠던 때였긴 했을 것이다.

하지만 그렇다고 해서, 그 사람이 누군데 무슨 연유로 내게 그런 말을 하는 건지, 그게 정말 사실이긴 한 건지 나는 알지 못했다.

물론 그 뒤로 이 동네에서 10년을 넘게 살아왔지만 주민에게 큰소리를 내는 경비 아저씨는 본 적이 없다.

오히려 그분들은 내 보기에 불안한 고용 환경에 속수무책으로 놓인 그저 힘없는 약자들일 뿐이었으니까.

○

어느 날이었다. 일 년 사시사철 눈이 내린 듯 조용한 동네를 평소처럼 산책하고 있는데 누군가 나를 불렀다. 낯이 익은 경비 아저씨였다. 나는 이분 말고는 사실 다른 경비 아저씨들의 얼굴은 잘 모른다. 그도 그럴 것이, 처음 이곳에 이사 왔을 때만 해도 동 하나마다 하나의 경비 초소가 있었고 그 안을 지키는 한 명의 경비 아저씨가

있었다. 그런데 얼마 되지 않아 두 동 세 동이 하나의
경비실로 통합되더니 요란한 모니터 장비가 여러 대
들어오면서 아저씨들의 숫자는 확연히 줄었다. 그나마
남은 인원도 매번 얼굴이 바뀌는 걸 보면 주기적으로
교체가 되는 모양이었다.

그래서 나는 산책 삼아 아파트 이곳저곳을 걷다가
제복을 입은 새로운 얼굴이 보이기라도 하면 마음이 좋지
않았다. 새로 온 분이야 새 일자리를 얻었다고는 해도
그게 얼마나 갈 것이며, 더는 얼굴을 볼 수 없는 사람들은
이제 여기서 나가면 어디로 가서 무슨 일을 하게 될까,
그분들이 몸담을 자리가 있긴 한 걸까, 하는 걱정이
들었기 때문이다.

언젠가, 바로 옆 동인 부모님 댁에 가 있는데 주민
대표라는 사람이 찾아와 무슨 동의서에 도장을
찍어달라 요구한 적이 있었다. 알고보니 경비원 인원
감축에 대한 주민 동의서였다.

문 앞에서 주민 대표와 관리실 직원의 설명을 듣고 난 어머니는 도장 찍기를 거부하며 말씀하셨다.

"미안해요. 나 도장 못 찍겠어. 남의 모가지 자르는 일에 나 찬성 못해요."

그들은 포기하지 않고 졸랐지만 어머니는 끝내 서명을 거부하셨다. 누군가는 당장 인건비 몇 푼 줄였다고 좋아할지 모르지만 저런 감원의 칼날은 언젠가 나에게도 향하기 마련임을 사람들은 왜 알지 못할까.

아무튼, 그런 연유로 나는 내가 사는 아파트에서 일하는 경비 아저씨들의 얼굴을 잘 알지 못했던 것인데, 지금 나를 부르고 있는 저 한 분만은 예외였다. 그렇게 매번 얼굴을 익힐 새도 없이 다들 교체가 되는데 어째서인지 저 분만은 내가 이곳에 맨 처음 이사왔을 때부터 지금까지, 관리실과 무슨 연줄이라도 있는 것인지 한결같이 자리를 지키고 있었다.

"어이, 잠깐만."

아저씨는 마치 반가운 친구를 부르듯 손을 들어 나를
부르셨고 나 역시 아저씨가 반갑다면 반가워 웃으며
돌아서는데 뜻밖의 말씀을 하시는 것이었다.

"작가라고? 나도 주변에 책 낸 사람 있어. 허허……."

그분은 사람 좋게 웃으셨지만 순간, 나는 반가웠던
마음이 조금은 움츠러드는 것을 느꼈다. 지금껏 내가
살아온 곳에서 누려온 어떤 익명의 자유가 깨어지는 것만
같은 기분이 들었기 때문이었다.
티비에 나오는 것도 아니고 평소 알아보는 사람이 있는
편도 아닌데 대체 이분은 내가 뭘 하는 사람인지를 어떻게
아신 걸까.

나는 엄연히 사생활이요 남의 개인 정보인 직업을
누군가 안다는 게 당혹스러웠지만 그렇다고 그걸 어찌

아셨냐 묻기도 뭐해 그냥 네네. 하며 영혼 없는 대꾸를
해드리다간 돌아선 뒤로, 아저씨와 마주치는 일이 더이상
무작정 반갑지만은 않았다.

하지만 아저씨는 그런 나와는 달리 그때부터 나를
전보다 더 친근하게 느끼는 듯 하셨는데, 한번은 이런
일도 있었다. 아저씨가 지나가는 나를 불러 세우더니 마치
친한 막냇동생 대하듯 스스럼없이 다른 주민의
짐 드는 일을 시키시는 것이 아닌가. 그것도, 무슨 연세
드신 분들을 도와드리려고 그런 것도 아니고 그냥
평범한 젊은 사람이었는데도 말이다.

○

그때 나는, 나도 엄연히 이곳 주민인데 왜 내가 사지
멀쩡한 남의 짐을 들어주어야 하는지에 대해 생각했고,
그날 그 일 이후로 아저씨를 조금씩 피하기 시작했다.
평소처럼 아파트 내부를 산책하다가 저 멀리서
아저씨의 실루엣이 어른거리기라도 하면 부러 다른

곳으로 방향을 틀어 가급적 마주칠 상황을 만들지
않는다던가 하는 식으로 말이다.

이래서 처음 이사 오던 날, 지나가던 사람이 내게 그런
경고를 해주었던 것일까?
경비들을 조심하라던 그 말 말이다.
뭐가 어찌 됐든 간에, 아저씨가 이렇게 내 꽁한 마음 속
블랙리스트에 등재되었으니, 지금의 이 기분이 다 풀릴
때까지 아마 나는 계속 아저씨를 피할 것이었다.
그동안 밤이면 불 켜진 경비 초소에 낯익은 주민들
몇몇이 들어앉아 경비 아저씨들과 따뜻한 보리차도 나눠
마시고 대화를 나누던 모습은 지켜보는 내게도 푸근함을
주었었는데. 나도 언젠가 저 곳에 들어가 한자리
차지하고 앉아 사람들과 수다도 떨고 그러면 좋겠다고
생각한 적도 있었는데.
그런 내가 어쩌다 이렇게 사는 아파트에서 유일하게
아는 경비 아저씨를 피해 다녀야 하는 신세가 되고
만 것일까.

난 이 모든 일들이 조금은 속상하기도 했지만 한편으론 살면서 언제든 벌어질 수 있는 익숙한 엇갈림이란 생각에 더는 크게 신경을 쓰지 않았다.

그러던 어느 날. 내가 부지런히 피해 다녀서 그랬는지 아저씨의 근무일이 줄어서였는지 그 뒤로 점점 더 자취가 뜸해지던 아저씨를 마지막으로 본 건 그가 대낮에 사복 차림으로 경비실이 아닌 관리 사무실을 나서던 날이었다. 이 시간에 사복 차림이라니 정말 일을 그만두시기라도 한 걸까?

돌이켜보면 언제나 아는 척을 하고 말을 걸었던 건 아저씨였지 그저 의례적인 대답밖엔 하지 않았던 나는 아저씨에 대해 아무것도 알지 못했기에, 나는 여전히 그를 상상과 추측으로만 파악할 뿐이었다. 그리고 내가 그렇게 타인을 상상과 추측으로만 파악해서 혼자 불편해하고 어떨 땐 미워하기까지 하다가 또 저 혼자 마음이 풀어져서는 헬렐레 하는 일이 이번만 있었던 것도 아니었다.

아저씨를 마지막으로 본 그날 저녁. 나는 다른 경비
아저씨를 통해 출판사에서 보낸 커다란 택배 상자 하나를
받게 된다. 그런데 곧 나올 책의 교정지가 담겨 있던 그
상자에는 크고 선명한 글씨로 이렇게 쓰여 있었다.

'이석원 작가님 앞. (반드시 본인에게 전달해 주세요.)'

아아, 그랬구나. 나는 그제서야 오랫동안 혼자서
추측만 해온 어떤 일의 진상을 알게 된 기분이었다.
분실되면 안 되는 중요한 물건이었던 만큼 택배 기사는
경비 아저씨에게 그걸 내게 직접 전달해줄 것을 부탁했을
것이고, 2년 전, 아저씨가 나를 처음 아는 척했던 바로
그때에도 나는 출간을 앞두고 있었으니, 아마 아저씨는
이런 경로를 통해 내가 뭘 하는 사람인지를 알았을
것이다.
　한 번 책을 내려면 남들보다 월등히 많은 교정을 보는
만큼 상자는 더욱 자주 아저씨의 눈에 뜨였을 테고
말이다.

내가 뭘 하는 사람인지를 남이 알 수 있는 길이
이렇게나 쉽다는 사실에 간담이 조금은 서늘해지면서도,
한편으론 누군가를 또 내 머릿속에서 혼자 공연히 오해해
버리고 말았다는 자책감에 나는 아차 싶은 마음이
들었다.

그것도 모르고 그동안 무슨 국가 일급 기밀이라도 들킨
사람처럼 속으로 그 망상을 떨었으니….

그 뒤로, 나는 아저씨에게 내가 가졌던 일방적인 오해에
대해 어떤 형태로든 사과하고 싶었지만 그럴 기회는
주어지지 않았다.

아저씨가 내게 알은 척을 하고 대화를 나누고 싶어 할
때에는 열심히 도망을 다니다가, 내가 뭔가 전하고 싶은
게 생기니 이젠 아저씨가 출근을 하지 않게 되어버린
현실.

이렇게 또 누군가와 엇갈리고 만 것이다.

나는 오늘도, 글을 쓰다가 머리를 식히기 위해서 하루 세 번씩 아파트 앞 마당으로 산책을 나간다. 그럴 때, 제복을 입은 낯설고 새로운 얼굴들을 마주칠 때마다 종종 아저씨를 생각한다.

물론 나는 아저씨가 영영 퇴직을 하셨는지 아파서 잠시 휴직 중이신 건지 여전히 알지 못한다.

하지만, 만약 아저씨가 다시 출근을 하신다면 나는 그분이 이곳에서 가능한 오래 근무하길, 그렇지만 여전히 내게 말은 덜 걸어주기를 정중히 바라면서, 오늘도 평소처럼 아파트 이곳저곳을 거닐었다.

4부

누구나
자기만의

지침이 있다

말에 관한

소고(小考)

나는 사람들이 별것 아닌 일로 큰일 났다거나, 난리가
났다면서 호들갑 떠는 모습을 보는 걸 좋아한다.

　실제로 사람들이 큰일 났다고 할 때를 가만히 보면 정말
큰일인 경우는 드문데, 그렇게 남이 볼 때는 별것 아닌
일에 본인은 심각하게 몰입하고 있는 것을 보면 귀엽기도
하고, 진짜 심각한 큰일이 우리 인생에 잘 닥치지 않을
것만 같은 안도감이 들기도 하기 때문이다.

난리라는 말만 해도 그렇다. 이 말의 뜻은 본래 전쟁이
나거나 나라에 큰 전염병이 도는 등 국가적 차원의 크고
엄청난 상황을 말하는 것인데, 우리는 그 말을 좋아하는
아이스크림이 순식간에 동이 났다거나 하는 등의 극히
개인적이거나 남들이 볼 땐 너무 사소해서 별 것 아닌
일에 쓰는 경우가 많다.

그래서 나는 '난리'라는 어휘를 동반한 어떤
부산스러움을 보고 있으면 우리가 살아가고 있는 이
인생이 마치 지루함이란 없는 곳처럼 느껴져서 좋다.

아무 일도 벌어지지 않는 따분하고 무료한 일상을
깨주는 뭔가 작지만 그리 크게 해롭지는 않은 어떤 소동이
일어난 것만 같은 기분을 느끼게 해준다고나 할까.

단지 '난리'라는 두 글자 덕분에 말이다.

반면 나는 어쩌라고, 라는 말을 들을 때면 속이 조금
답답해지곤 한다. 누군가 '어쩌라고' 하면서 짜증 섞인
대꾸를 할 때는 대부분 상대가 '어쩌라'는 말을 이미

했을 때가 많아서 그렇다.

그러니까, '어쩌라'는 말을 분명히 한 사람에게 대고 '어쩌라는 것이냐' 되물으면 그것이야말로 어떡하자는 것인지를 모르겠으니 답답하다고 할까.

가령 누군가 친구에게 이런 말을 했다고 치자.

'나는 네가 더 이상 나를 그런 식으로 대하지 않았으면 좋겠어.'

분명히 상대에게 무엇을 어떻게 해달라고, 즉 어쩌라고에 해당하는 내용을 전달했는데 그 말을 들은 사람의 대답은 보통 이런 식일 때가 많지 않은가.

"아, 어쩌라고."

그래서 나는 저 어쩌라는 말을 듣는 일을 별로 좋아하지 않는다. 저런 형태의 말이 오가는 것을 대화라는 개념에 충실한 행위로 받아들이기가 어렵기 때문에.

나는 스스로 융통성이 어느 정도는 있는 편이라고
생각하지만 언어에 관해서는 매우 고지식한 데가 있다.
누군가와 일을 하거나 여하한의 의사소통을 할 때, 언어가
언어 그대로의 뜻으로 전달되지 못한다고 느낄 때면, 어떤
여유도 발휘하지 못한 채 머리가 그만 정지해버리는 것
같은 기분이 들 때가 많다.

가령 내가 "우회전이요." 하고 말을 했는데 상대방이
"오른쪽이요?" 하고 되물으면 나는 그때부터 어떤 대답도
할 수 없는 상태가 되어버린다.

우회전이 오른쪽이니 결국 같은 말을 반복하는 셈인데
어째서 그런 식으로 되묻는지 알 수가 없어진 나는 그
말에 뭐라 대답을 해 주어야 할지 몰라 순간 머릿속이
일시 정지 상태가 되어버리고 마는 것이다.

물론 안다. 그게 동어 반복이라는 것을 상대도 모를
리는 없겠지만 사람은 확인 차원에서 얼마든지 같은 말을
반복할 수 있고, 아니라도 그저 반사적으로 되물을 수도
있는 법인데, 나는 왜 그럴 때 그냥 네. 하고 대답해 주는

일이 그렇게나 힘든 것일까.

○

오늘도 비슷한 일이 있었다. 얼마 전 온라인에서 주문한
물건의 배송일이 알고 싶었던 나는 어렵사리 연락이 닿은
담당자에게 내가 원하는 바를 어떤 추가적인 설명도 필요
없는 언어로 전달하였다.

몇 월 며칠에 제가 주문한 물건을 언제 받아볼 수
있는지 정확한 배송 도착일을 알고 싶습니다.

그랬더니 담당자는 말하길, 아 그거요.
오늘이나 내일 입고가 됩니다. 그러더니 더 이상
말이 없는 것이었다.

나는 내가 주문한 물건이 내 집에 언제 도착하는지를
물었는데, 상대방은 입고일을 말하고 더 이상 어떤 말도

하지 않는다면 나는 거기에 더 무슨 말을 해야 하는
것일까.

결국 나는 입고란 대체 무엇이며 그게 오늘이나 내일
되면 진짜로 물건이 내게 도착하는 날은 언제인지를 몇
번이나 더 물어본 끝에야 겨우 원하는 답을 듣느라 기진해
버리고 말았다.

○

언어란, 사람과 사람 사이의 약속이며 크게는 그 사회를
이루는 구성원 간의 집단적 합의이기도 하다. 하지만
아무리 강한 합의를 봤다 해도, 그 합의에 대한 이해는
서로 다를 수 있기 때문에 오늘도 우리의 대화는 종종
엇갈리고, 그 엇갈림에서 크고 작은 스트레스를 받기도
한다.
때로는 관계가 아예 끊길 만큼 엄청난 오해가 생길 때도
있다.

언젠가 집의 수도 계량기가 얼어, 관리실에서 기사분이
오셔가지고 한참을 애를 쓰며 녹여주신 적이 있었다.
그런데 그분이 가시면서 말씀하시길, 오늘처럼 체감
온도가 영하 15도를 넘나드는 이런 강추위 때는, 수도가
얼지 않도록 온수와 냉수를 동시에 틀어놓아야 한다는
것이 아닌가.

대체 온수와 냉수를 동시에 튼다는 게 무엇을
의미하는지 알 수 없던 나는, 기사님에게 그게 무슨
뜻인지를 더 정확히 여쭙고 싶었지만, 속히 또 다른
집의 얼어버린 계량기를 녹여주러 떠나야 하는 그분에게
더 이상의 질문을 할 수 없었고, 덕분에 그게 어떻게
가능한지, 그러니까 그 중간쯤 되는 미지근한 물을
틀어놓으면 된다는 얘기인지 도무지 알 수가 없어
한참을 고민했다.

그래 포털에 들어가 검색도 해 보고, 주변에 물어봐도
해결이 나지 않아 기어이 기계실에 다시 전화를 넣어
다른 기사분께 물어보고 나서야 비로소 알게 된 그 말의
의미는 이랬다.

온수와 냉수를 동시에 튼다는 말은 욕실과 주방에서 찬물과 더운물을 각각 틀어놓아야 한다는 뜻이었음을 말이다.

사람과 사람 사이에 말이 오가는 대화를 사랑하고, 또한 글을 써서 먹고사는 직업을 가진 사람으로서 언어의 이런 모호함과 불완전성은 언제나 나를 곤란하게 한다.

그렇지만 오히려 그래서 나는 마치 불가능한 꿈을 꾸는 사람처럼, 보다 정확한 말을 구사하기 위해 그토록 애를 쓰며 사는지도 모른다.

마치, 세상이 아무리 진보하지 않는 듯해도 인류는 진보를 위한 노력을 멈추지 않았던 것처럼 말이다.

결과보다
중요한

준비

파티? 회의? 소개팅? 조문?

그 어떤 자리든 간에 그 자리에 맞게 입고 갈 옷들이
완벽하게 준비되어 있으나 정작 그 옷들을 입고 갈 일이
없는 상황과, 오라는 데는 많은데 자리에 맞게 입을 옷이
없는 상황 중(가령 초상이 났는데 빨갛고 노란 옷밖엔
없다던가) 하나를 택해야 한다면 당신은 어느 쪽을
고르겠는가?

나는 전자다. 오라는 데도 없는데 아무리 많은
준비를 한들 그게 다 무슨 소용이냐, 본말이 전도된 것
아니냐 할지 모르겠지만, 그렇더라도, 준비가 되지 않은
상태에서 어떤 상황을 마주하는 것보다는 차라리 일이
없어도 어떤 상황에든 대비가 되어 있는 상태가 나는 더
좋다.

　왜냐하면, 우리가 어떤 일을 함에 있어서 노력을
한다고 해서 그 일의 결과를 늘 내 마음대로
할 수 있는 건 아니지만 그 일의 과정, 즉 준비란 결과
없이도 그 자체로 충분히 행복해질 수 있는
일이기 때문이다.

　나는 어쩌다가 이렇게 결과보다 준비에 더 가치를
두는 사람이 되었을까. 나의 뭐든 준비하고 대비하려는
기질은 아마도 타고난 것일 테지만, 다음과 같은 경험들이
반복되면서 그런 기질이 더욱 강화된 것 같다.

가령 내가 회사원이고 너무나도 중요한 프레젠테이션을
앞두고 있는데, 함께 준비한 동료 하나가 늦는 바람에
일을 망치게 되었다면 어떨까. 그런데 그 늦은 사람이
평소에는 전혀 지각을 하지 않던 사람이었다면?

그래서, 나로서는 어떻게 손을 쓸 수 없는 일들로 인해
결과가 좌우되고 만다면?

바로 그런 일들이 인생에서 적잖이 반복되는 걸 보면서
나는 알아갔던 것 같다.

아. 결과란, 혹은 성공이란 내 의지만으로 되는 것은
아니구나. 일을 잘 해내려고 아무리 노력을 해도, 내가
어찌할 수 없는 영역에서 생기는 변수까지 막을 수는 없는
노릇이구나.

그러면서 나는 점점 더 결과보다는 과정, 즉 준비에 더
많은 의미를 두는 사람이 되어갔던 것 같다.

다시 말하지만 준비란, 결과와는 달리 내가 하는 만큼
얻는 게 있는 일이기 때문에.

몇 년 전 일이다. 오랫동안 해오던 음악이라는 울타리를
벗어나 더 넓은 세상에서 뭔가를 해보고 싶었던 나는,
그러기엔 내 준비와 경험이 너무 부족하다고 생각했다.

이곳에서 자세히 밝히기는 좀 그렇지만, 친구가 초대한
어떤 파티에 참석했다가 벌어진 일 때문이었다.

그 뒤로 나는 수시로 백화점엘 드나들며 옷을 사들이기
시작했는데, 그건 아마도 자리에 맞는 옷을 구비하는
것이 사회생활의 가장 기본적인 준비라고 생각해서
그랬을 것이다.

덕분에 그 후로는 예전에 모시고 일하던 사장님이
상을 당하셨을 때에도 변변한 검은 옷 한 벌 입을 게
없어 쩔쩔매는 일도 없어졌고, 누군가 갑자기 꽤 근사한
호텔에서 만나자고 해도 최소한 입고 나갈 옷 때문에
고민할 일은 없게 되었는데, 문제는, 그렇게 자리에 맞는
옷들을 상황별로 어지간히 구비를 하고 나서도 나는 그
일을 계속했다는 점이다.

즉, 누가 나를 찾든 말든 나는 계속해서 어떤 상황을 가정하고선 그에 맞게 옷을 샀다. 예를 들어, 죽을 때까지 내가 레드 카펫을 밟아 볼 일은 없겠지만 턱시도는 한 벌 장만해 두는 식으로 말이다. (물론 예를 든 것이다. 진짜로 턱시도를 사지는 않았다….)

왜 그렇게까지 했냐고? 실제로 그럴 일이 있든 없든 간에, 어떤 상황이 닥치든 대비가 되어 있다고 생각하면 그것만큼 든든한 일이 없는데 어쩌겠는가.

즉 내게 결과란, 아무리 노력을 해도 결코 그 성공과 실패를 내 마음대로 할 수는 없어 늘 초조하게 가부를 기다려야 하는 일인데 반해, 준비란 내가 하는 만큼 언제나 정직하게 보상을 해주었기 때문에 나는 그때부터 준비라는 행위 자체에 점점 더 매력을 느끼게 되었는지도 모른다.

그래서 옷을 사는 일 외에도 그 옛날 나의 할아버지가 그러셨던 것처럼 규칙적인 하루를 보내고, 종일 몸을 움직이려 애를 쓰며, 가능한 절제된 생활을 하기 위해 노력하기 시작했다.

한 달 뒤로 잡힌 독자들과의 만남이나 부모님의 생신 잔치 등 닥친 일들을 하나하나 계획하고 준비하는 것을 넘어, 삶에 있어서 보다 더 큰 차원의 대비를 하기에 이른 것이다.

그게 구체적으로 무엇에 대한 대비인지는 나도 아직 정확히는 모르겠지만, 사람이 규칙적이고 절제된 생활을 통해 몸을 가볍게 하고 머리를 맑게 하는 것은 무슨 일을 하든 간에 우선되어야 할 가장 기본적인 준비가 아니겠는가.

○

물론 한 사람이 가진 그만의 기질이라는 것이, 언제나 좋게만 작용하는 것은 아닐 것이다. 나는 음악을 23년을 했는데, 그 긴 세월 동안 수없이 무대에 서면서 단 한 번도 목이 쉬어본 적이 없다. 그리고 나는 가끔 그 사실이 주는 의미에 대해 생각한다.

내가 그렇게 아예 한 번도 목이 쉬어보지 않은 건 내 목이 강철처럼 튼튼해서가 아니라 언제나 목이 상할까 봐 노심초사하며 대비를 했기 때문이다.

남들은 그만큼 관리를 잘해서 그리 된 것 아니냐 할지는 몰라도, 나로서는 아쉬움이 많이 남는 대목이다.

나는 언제 무슨 일을 하든 내가 그어놓은 선, 내가 대비하고 준비할 수 있는 선 이상으로는 결코 한 발자국도 더 뛰어들지를 못하며 살아왔기 때문에.

그래서 노래를 할 때에도 목을 지키고 보호하려 갖은 애를 쓰다 언제나 쉬어버리기 전에 목 쓰는 것을 중단해 버린 끝에 그런 기록을 가진 것이었으니, 그게 과연 어디다 내놓고 자랑을 할 수 있는 종류의 일인지 모르겠다는 것이다.

막말로 가수 이소라 씨도, 세계적인 소프라노 조수미 씨도 숱하게 목이 쉬었다는데, 내가 뭐라고 목 한 번 쉬어보지 못한 채 무대에서 내려왔으니, 남들이 볼 때

이건 마치 부상 한 번 당해보지 않은 채 너무도 안전하게 선수 생활을 마감한 운동선수를 보는 것과 같은 느낌이 아니겠는가.

이렇듯 한 사람이 가진 그만의 기질이란, 자신을 살리는 방편이 되기도 하고 또 한편으론 스스로를 자기만의 틀에 가두는 일종의 올가미가 되기도 한다.

뭐든 계획하고 준비된 일만 하려고 드는 나의 이 기질은 앞으로 남은 내 삶을 어떤 풍경으로 만들어갈까. 설마 타고난 기질에 변화를 주려고 할 때조차 치밀한 계획과 준비 하에 행하게 되는 것은 아닐까?

뭐가 됐든 조금 더 살아보면 알게 될 것이다.

달고
시원한

거

안다고도 모른다고도 할 수 없는 사람이었다.

　이름과 얼굴을 모르니 아는 사이라고 하긴
어려웠지만 온라인상에서 통용되는 이름인 아이디를
알고 무엇보다 바로 그 온라인 공간에서 댓글로 몇 마디
대화를 나눠본 사이니만큼 아예 모른다고 하기도 뭐한
사람이었다. 무엇보다, 그가 내게 해준 어떤 말을 처음
들은 그 순간부터 지금까지, 거진 하루도 빼놓지 않고
머릿속에서 그 말을 되뇌고 있는 내게 그는 잊으려야

잊을 수가 없는 사람이었다.

　대체 사람이 어떤 말을 들으면 그 말을 하루에도 몇 번씩 되뇌며 잊지 못할 수가 있는 것일까.

　　　　　　　　　○

　그는 암 환자였다. 어쩌다가 나는 그 사실을 알게 되었고 그래서 대화를 나누게 되었는데, 그가 해준 어떤 말 때문에 적잖이 놀라 나는 지금까지도 그 말을 잊지 못하게 되었다.

　석원 님. 암세포가 가장 좋아하는 게 뭔지 아세요?
　글쎄요. 뭘까요?

　그의 말에 따르면 암을 유발하는 세포가 가장 좋아하는 건 '달고 시원한 거'라고 했다.
　딱 내가 세상에서 제일 좋아하는 것들이었다.

나는 먹는 것으로 스트레스를 푸는 전형적인 타입의 사람이다. 그런 내가 세상의 그 많은 음식 중에서 가장 많이 찾으며 사랑해 마지않는 것이 바로 '달고 시원한' 음식인데, 그걸 나만큼이나 좋아하는 애들이 또 있다니. 그래서 그걸 너무 탐하면 나중에 그 애들이 바로 그것 때문에 내게 찾아와 생명을 위협할지도 모른다니.

○

그와의 대화는 짧았다. 그 후로 나는 그의 생일을 맞아 막 출간된 내 책을 이런저런 사은품과 함께 선물로 보내주기도 했다. 무엇보다 그의 쾌유를, 고통 없는 날들이 어서 오기를 빌었다.

내가 더 무얼 하겠는가? 그저 젊은 나이에 암에 걸린 사람 앞에서, 쾌유를 비는 기도 한 자락과 어떤 도움도 줄 수 없다는 자괴감 비슷한 감정을 잠시 느끼는 것 외에 타인인 내가 더 뭘 할 수 있겠는지….

하지만 그와의 대화는 종료되었어도 그가 해준 말은 내

머릿속을 떠나지 않았다. 나는 적어도 하루에 한 번 혹은
많을 땐 몇 번이라도 달고 시원한 것을 찾았기 때문에.
적어도 나는 그 정도의 보상이 없이는 하루를 버틸 수가
없었기 때문에.

오늘도, 남들처럼 바쁘고 고된 하루를 보낸 뒤 편의점에
들어가 차고 단 음료수를 한 병 사서 벌컥벌컥 들이켜는
것으로 하루 내 긴장과 피로로 말라버린 목을 축일
때면, 그 아찔할 만큼 시원하고 단 것이 내 식도를 타고
들어가 비어있던 속을 채울 때면, 그 죽어도 좋을 것 같은
행복감의 와중에도 나는 반사적으로 그런 생각이
들었다.
이렇게나 행복하고 맛있는 것을 매일매일 탐한 죄로
언젠간 암세포가 찾아올 가능성이 높아진다는 거지?
이렇게 매일 365일을 달고 시원한 음식을 절제하지
못한 채 살면, 그렇게 5년, 10년 내 몸 안에 그것들이
축적되면 나중엔 지금의 이 쾌락과 행복과 작은 보상의
대가를 끝내 치러야 할지도 모른다는 거지?

하여 나는 뭔가를 먹는 순간의 쾌감이 크면 클수록
행복하면 할수록 그만큼 큰 죄의식과 공포 속에
그가 내게 해준 말을 마치 주문처럼 떠올렸고
그렇게 그는 내게 잊으려야 잊을 수 없는 사람이
되어갔다.

○

시간이 얼마나 지났을까. 나는 나의 블로그에 하루도
빠지지 않고 찾아오던 그 사람의 발길이 뜸해졌다고
느낄 때면 설마 하며 그의 블로그를 찾는 일을
반복했다. 그러면 글이 올라오는 횟수가 뜸해져 있긴
했지만 어쨌든 최근에 글이 올라와 있었으므로 나는
그가 아직 살아있음에 안도하며 조용히 그의 공간을
빠져나오곤 했었다. 그가 올려둔 여러 간절한 바람이
담긴 글들과 치료의 아픔을 적어둔 기록들은 읽는 일조차
겁이 나고 고통스러워 도망치듯 빠져나온 적도 여러
번이었다.

그리고 이제, 또 한 권의 새 책 출간을 앞두고선 점차
고조되는 불안과 긴장 속에 나는 그놈의 달고 시원한
것들을 평소보다도 더욱 많이 찾게 되었고, 그렇게 체중은
감당할 수 없을 만큼 불어나는 와중에 문득 그 사람
생각이 났다.

내가 달고 시원한 것들을 찾을 때면 늘 따라서 생각이
나는 만큼 도무지 잊고 싶어도 잊을 수가 없던 그 사람.

그래서 나는 이번에도 어렵사리 그와 처음 대화 나눈
시점을 기억해 내서는 그와 대화 나눈 흔적을 찾아 그걸
타고 그의 온라인 공간을 오랜만에 찾았는데, 그랬는데,
블로그 대문에는 그의 글이 아닌, 가족이 올린 그의
영정 사진이 올라 있었다.
매번 이렇게, 발길이 뜸할 때면 찾아가 그가 아직
살아있음을 확인하곤 홀로 안도하곤 했었는데. 내가
상상하는 그 나쁜 일이 벌어지지 않길 설마 하는
심정으로 기도하며 그의 공간을 찾곤 했는데….

당혹감 속에 그가 남긴 글들을 다시 찬찬히 훑어보며 얼추 헤아려 보니 처음 암 진단을 받은 뒤 죽음에 이르기까지 그가 보낸 세월이 무려 10년이었다.

암세포를 부른다는 그 달고 시원한 것들을 나보다도 훨씬 덜 탐했을 그 젊은 사람이 왜 어째서 이렇게 험하고 아픈 세월을 견디다 가야만 했던 것일까.

얼마나 아프고 괴로웠을까.

얼마나 간절히 이 상황이 끝나길 하느님께 기도하고 또 기도했을까. 얼마나 많이 하늘을 원망하고 때로는 감당할 수 없는 고통과 불행 앞에 생을 저주하고 포기하고 싶었을까.

얼마나 많이 평범한 삶을 살게 되길 상상하고 또 상상했을까.

얼마나 먹고 싶고 하고 싶은 게 많았을까.

얼마나 많이… 얼마나 많이…

오늘도 나는 남들처럼 하루를 열심히 산 대가로
의식처럼 달고 시원한 음식을 내게 선물로 준다.

고생했어. 오늘도 수고 많았어.

그렇게 내가 스스로에게 준 선물이 내 식도를 타고
내 몸 안으로 들어갈 때면 정말이지 죽어도 좋을 만큼의
쾌감과 함께 습관처럼 무서운 생각도 든다.

언젠가 먼 훗날, 아니 어쩌면 그리 멀지 않은 시점의
어느 날 나는 이렇게 매일 내 자신에게 작은 보상을 해준
대가를 치르게 될까?

모르겠다. 내가 알 수 있는 건 그렇다고 해서 이 알량한
빵 한 쪽과 단 음료수를 마시는 행위가, 그렇게 하루
내 애쓴 대가로 스스로에게 선물을 주는 행위가 결코
잘못이라고, 나아가 죄라고는 생각할 수 없다는 사실이다.

짐작컨대 병마에 시달리는 와중에 때로는 고통에 못
이겨 자신의 일생을 참회하고, 없던 잘못까지 뉘우치며
하느님께 자신을 이제 그만 용서해 달라 빌었을지도 모를
그에게 이렇게 말해줄 수 있는 것처럼 말이다.

'아니. 당신에겐 그 어떤 책임도,
머리카락 한 올만큼의 잘못도 없었다.'고.

삶의

지침

어릴 적, 친구들과 극장을 찾아 〈펄프 픽션〉이라는 당대의
핫한 영화를 보고 있을 때였다. 주인공인 갱들이 실수로
사람을 죽여서 곤란한 지경에 처하고 말았다.

　사람 죽이는 게 직업인 갱들이 사람을 죽였다고
곤란해지다니? 그럴만한 사정이 있었다. 이른 오후.
처리해야 할 일을 마치고 회사로 복귀하는 도중에 한 갱이
자기 성질을 못 이겨 그만 차 안에서 사람에게 총을 쏘고
만 것이다. 그것도 하필 머리를.

차 안은 금새 피범벅이 되었고 갱들 역시 총에 맞아
죽은 자에게서 튄 시뻘건 피와 살점 등으로 마치 악마와도
같은 형상이 되고 말았다.

이런 몰골로 경찰들이 즐비한 벌건 대낮에 운전을 하고
다닐 수는 없는 노릇이었다.

그들은 급히 가까운데 사는 친구를 찾았다. 자다가
눈을 비비며 문을 열고 나온 갱들의 친구는 이른
시간부터 피투성이가 된 채로 도움을 청하러 온 자신의
갱스터 친구들을 보며 황당해하다간 이내 당장 도움을 줄
수 있는 그 분야의 전문가를 부른다.

바로 그 대목이었다. 내가 그 영화를 보면서 궁금증과
흥미가 최고조로 치솟았던 지점은.

나는 그때 뭔가 대단한 사람이 나타나서 나로서는
상상도 못했던 방법으로 상황을 아주 기발하게 해결할
줄 알았다. 그래서 누가 어떤 방식으로 문제를 해결하게
될지가 너무나도 궁금했다.

대체 저 영화 속 마피아들은 나와 같은 보통 사람과는 어떻게 다른 방법으로 저 상황을 극복하게 될까!

○

그런데 친구의 부탁을 받고 온 한 중년의 신사는 그저 허둥대지 않고 가장 상식적인 과정들을 차례차례 밟아갈 뿐이었다.

먼저 사람들 눈에 띄지 않도록 피범벅이 된 갱들의 옷을 갈아입힌 후, 그 집에서 수압이 제일 센 호수를 가져다 마당에 세워진 차 안을 깨끗이 치우도록 한 다음, 머리가 반은 날아간 시체를 방수포에 둘둘 말아 부하들을 시켜 안전한 곳으로 가져가 처리하도록 한 후, 그 모든 과정의 대가로 돈을 받은 것이 전부였다.

이게 뭐지?

어린 나는 뭔가 굉장한 장면을 기대하고 있다가 김이

새고 말았지만, 살면서 뭔가 해결해야만 하는 문제들에 부딪힐 때마다 나는 그때 그 장면을 자주 떠올렸다.

어떤 상황이든 간에 내 스스로 세운 가장 상식적이고도 효율적인 원칙들을 따르기만 하면 문제를 해결할 수 있다는 사실을 깨달았기 때문이다.

가령 나는 참으로 긴 세월 동안 인터넷으로 산 물건을 반품할 때마다 애를 먹었다. 반품을 하려면 박스가 훼손되어서는 안 되는데 매번 그 사실을 잊고 아무렇게나 개봉을 해버린다던가, 뜯어진 박스를 다시 봉할 때 필요한 투명 테이프와 커터칼 등이 어디에 있는지를 몰라 시간과 정신의 낭비를 되풀이하곤 했던 것이다.

그러던 어느 날 나는 생각했다. 도대체 왜 매번 같은 상황마다 같은 어려움이 반복되는 걸까.
그 뒤로 나는 그때 그 영화 속 해결사가 그랬던 것처럼 가장 상식적인, 그래서 누구라도 생각해 낼 수 있는 특별할 것 없는 과정들을 단지 순서대로 정해서 실천해 보기 시작했다.

1. 택배 상자를 개봉할 때는 박스가 훼손되지 않게 주의한다.
2. 반품할 시 필요한 커터칼과 투명 테이프는 수량을 충분히 구비해서 늘 정해진 자리에 둔다.

누가 볼 때는 굳이 매뉴얼이 필요할 만큼 거창한 일이 아닌 것처럼 보일 수도 있겠다. 하지만 저 간단한 두 줄의 원칙을 세운 후로 나는 더 이상 반품을 해야 할 때마다 테이프를 찾느라 법석을 떠는 일도, 물건 산 곳에 전화해서 박스가 훼손됐는데 그럼 반품이 어려운 것이냐 사정 조로 묻는 일도 겪지 않게 되었다.

정말이지 간단한 두 줄의 원칙을 세우고 실천한 덕분에, 그 일과 관련한 어떤 시간이나 정신의 낭비도 하지 않게 된 것이다.

만약, 내가 소득세 신고에 관한 과정들을 정리해 두지
않았다면, 나는 여전히 매년 5월마다 그 일을 하느라
근 한 달을 시달렸을 것이다. 소득세 신고를 하려면
무엇을 어떻게 해야 하는지를 문서로 일목요연하게
정리해 둔 지금은 고작 하루나 반나절이면 충분한
일을 말이다.

○

　매뉴얼이 중요한 이유는 무엇일까. 사람은 살면서
비슷한 상황에 끊임없이 직면하게 되는데 나름의 원칙이
있지 않으면 매번 같은 상황에서 같은 고민을 하고
처음부터 새로운 과정을 밟아야 한다.
　매뉴얼은 바로 그런 상황에 처하지 않게 도와준다.

　물론 아무리 고생해서 세운 원칙일지라도 지키지
않으면 소용이 없을 뿐만 아니라 심지어 대가를 치러야 할
때도 많다.

극장에 가서 영화를 볼 때는 반드시 맨 뒷자리에서
본다는 원칙을 어기고 급한 마음에 중간쯤 자리를 잡을
때마다 내겐 어떤 일이 벌어졌던가.

열에 아홉은 뒷사람이 발로 내 자리를 차는 ―내가
가장 싫어하는― 일을 겪거나 그럴까 봐 불안에 떨어야
했다.

아무리 오랜 세월 동안 축적해온 삶의 경험으로부터
얻은 지혜라도 써먹지 않으면 소용이 없는 것이다.

○

매뉴얼은 이렇듯 삶의 낭비를 줄여주고 생활에 질서를
부여하지만 그렇다고 그게 모든 걸 해결해 주지는 않는다.
우리가 살면서 겪는 모든 문제에 답이 있는 것은 아닌
데다, 세상에는 답을 알면서도 실천할 수 없는 일 또한
많기 때문이다.

이를테면 나는 누굴 더 이상 만날 거다 안 만날 거다,

다시는 연애를 하겠다 하지 않겠다 아무리 혼자서 결심을
해본들, 미래는 내가 예측한 대로만 흘러가지는 않기에
결심은 언제든 수정될 수 있다.

결국 삶이 그렇게 복잡하고 모호하며 예측 불가한
것이기에 나는 더더욱 나만의 원칙을 가지고 그 원칙이
적용 가능한 것에 한해서라도 삶의 중심을 잡고자 하는
것인지도 모른다.

당신은 어떤 삶의 원칙을 갖고 살아가고 있는가.
누구나 자기만의 삶의 지침이 있다. 그리고 그 지침에
따라 우리는 각자 다른 삶을 살아간다.

감동은
오래가지
않는다

언젠가, 한동안 만남이 뜸했던 어릴 적 친구로부터
연락이 온 적이 있었다. 나름 큰 회사에 다니던 친구였다.
그날 저녁 신사동 가로수길의 어느 바에서 만난 친구는
무슨 일을 겪었는지, 대뜸 사회에 나와서 만난 사람들은
믿을 수가 없다며 신세 한탄을 늘어놓기 시작했다.
그러면서 친구는 순수하고 계산이 없는 너희 어린 시절
친구들한테만큼은 자기는 모든 흉금을 털어놓을 수가
있다고도 했다.

그러더니 급기야 자기에겐 너희들이 너무 소중한
존재들이기 때문에 만약 언젠가 너희 형편이
어려워진다면 기꺼이 금전적인 도움까지 줄 용의가
있다며 거침없이 말을 뱉는 것이었다.

그런 친구를 보며 나는 평소 그 친구에게 특별한
마음이 있는 건 아니었지만, 누군가 나를 그렇게나 소중한
존재로 여긴다는 게 고마워 그날 우리가 마셨던 잭
다니엘 술병을 집으로 가지고 와서 기념으로 장식장에
넣어두고선 오래 간직했다. 그 술병을 볼 때마다 내게도
나를 신뢰하고 중요하게 생각하는 친구가 있다는 사실이
얼마나 흐뭇했는지 모른다.

○

시간이 흐른 후, 그날 이후로 가끔 보게 된 그 친구와
단둘이 있게 되었을 때, 난 그때 그날 저녁의 그 감동적인
친구의 말이 생각나 얘기를 꺼냈다.

그때 네가 나한테 소중한 친구라고 말해줘서, 심지어 금전적인 도움까지 줄 수 있다고까지 해주어 난 너무 고마웠다고 말을 하려는데, 순간 숨길 수 없이 표정이 일그러지는 친구의 얼굴을 보고 난 당황했다.

나는 돈을 꿔 달라는 얘기를 하려는 게 아니라 그럴 용의마저 있다던 너의 마음이 참 고마웠노라고 말을 하려던 것뿐이었는데, 돈 얘기가 나오자 녀석은 대뜸 겁을 집어먹고서는 경계하는 표정을 지은 것이었으니 황당하지 않을 수가 있을까.

시간은 흘렀고, 우리는 어느 틈엔가 다시 전처럼 뜸하게 보는 사이가 되었다. 그날 그 일이 계기가 된 것은 아니었다. 그저 많은 보통의 관계들이 그렇듯 별다른 사건 사고 없이도 자연스레 사이가 흐지부지되고 말았던 것이다.

어쩌면 서로 살아온 길도 다르고 나눌 것도 많지 않다 보니 자연스레 그리되었는지도 모른다.

단지 고마움이나 다른 어떤 필요성만으로 관계를
지속할 수는 없는 노릇 아닌가.

다만 나는 가끔 생각한다. 그렇게 나눌 것도 많지 않고
그런 황당한 일까지 겪게 한 친구를 굳이 왜 만났을까.

그때의 나는 그랬다. 별로 나눌 얘기 없어도, 가끔
그렇게 민망한 순간까지 겪어도, 그렇게라도 누굴 만나고
약속 자릴 잡지 않으면 마치 최소한의 사회생활조차 하지
못하는, 일종의 낙오자라도 되는 건 아닐까 두려웠던 것
같다. 그래서 왠지 그렇게 살아서는 안 될 것 같은 기분에,
진짜로 외톨이로 살 수는 없지 않느냐는 생각에, 나는
그런 허수아비 같은 만남을 꽤나 많이 가졌지만 이제는
그러지 않는다.

○

당신이 만약 외톨이가 되는 것이 두려워 별로 내키지도
않는 관계를 지속하고 있다면, 한번 물어보고 싶다. 과연

그런 별 의미도 없는 관계를 유지하고 있다고 해서
당신은 정말 외톨이가 아닌 걸까? 같이 있어도 나를
외롭게 하는 사람들을 주위에 두고 산다고 해서,
정녕 나는 외롭지 않은 사람이 될 수 있는 걸까?

○

감동은 오래가지 않은 대신 새로운 세상이 나를
찾아왔다. 내가 혼자가 되기 싫어 그렇게 관계에 연연할
때 세상은 내게 어떤 변변한 인연도 선물해 주지
않았지만, 어느 순간부턴가 더는 그에 대한 미련을 두지
않게 되자, 세상은 그제야 선물처럼 내게 그걸
준 것이다.

혼자가 되는 것쯤 두려워하지 않을 수 있는 용기를.

하여 어느 날, 내가 더 이상 휴대폰에 저장된 연락처의
개수에 연연하지 않게 되자 정작 관계에 대한 만족감은

의미 없는 연락처를 주렁주렁 달고 다니던 때와는 비교할 수 없을 만큼 커지게 되었으니….

가끔 나는 그런 생각을 한다. 왜 세상은 뭔가 원하고 바라고 잡으려고 하면 주지 않고 외면을 하다가, 포기를 해 버리거나 더 이상 그 일에 연연하지 않게 되면 그제서야 슬그머니 바라던 것을 조금 생색내듯 내어주고 마는 것일까.

어찌됐건 세상과의 밀당에서 승리한 대가로 내게 남겨진 사람들과, 비록 그 수는 적지만, 앞으로도 쭉 오순도순 남은 인생을 함께 잘 살아봐야겠다.

나를 사랑하는
또 하나의

방식

언젠가 독자들과 관계에 대한 이야기를 나누는
자리에서 나는 놀랐다. 미리 준비해 간 이야기를 마치고
관객들로부터 질문을 받는 시간이 되었는데 사람들이
거의 하나같이 '손절'에 대해 물어왔기 때문이었다.

　알다시피 손절은 원래 주식하는 사람들이 쓰던 말이다.
다시 복구가 어려워 보일 만큼 상황이 좋지 않을 때, 더
이상의 손해를 막기 위해 적당한 시점에서 끊어낸다는
뜻의 말.

그 말이 여러 상황에서 쓰이다, 언제부턴가는 관계를
끊는다는 뜻으로 더 많이 쓰이게 된 것인데, 그렇게,
청중 한 분은 내게 손절을 하되 안전하게 하는 법을
물어왔고, 다른 한 분은 자신의 지금 상황이
이러이러한데 손절당한 것이 맞느냐 물었고, 또 어떤
분은 손을 번쩍 들고 일어서더니 자꾸만 손절을 하게
되는데 이러다 외톨이가 되지는 않을까 걱정이 된다고도
했다.

개중에는 나도 손절하거나 당한 적이 있는지
궁금해하는 사람도 있었다.

아무튼지간, 관계에 대해 누가 어떤 고민을 하든
결국에는 손절이라는 두 글자로 그 해법이 수렴되는
모습을 보면서, 나는 새삼 가슴이 답답해졌다.

그 모든 사람에 대한 고민은 내게도 여전히 현재
진행형인 것들이 많았기 때문에.

한 10년 넘게 좋은 관계를 유지해 온 어떤 분이
있었다. 친구처럼 편하지 않아서 오히려 서로 더 예의도
지켜가며 잘 지내온 사이랄까. 그랬던 관계가, 이분이
내게 자기 일을 도와줄 것을 부탁하면서, 그렇게 서로의
거리가 좁혀지면서, 관계는 조금씩 삐걱거리기
시작했다.

함께 일을 하게 되자, 멀찍이 떨어져 있을 땐 보지
못했던 누군가의 모습들이 하나둘 나를 당황케 하고
말았던 것이다.

○

적어도 나는 우리가 서로에게 짜증이나 신경질을 낼
만큼 편한 사이는 아니라고 생각했는데. 오히려 그렇게
편한 사이가 되는 길을 서로 마다한 덕분에 지금껏 이런
관계를 유지해 올 수 있었다고 난 믿었는데.

자주 보면 볼수록 그분은 나를 거의 편한 것을 넘어 함부로 대하기 시작했고, 그분의 그런 거듭되는 행동에 당황함이 분노로 번진 나는 익숙한 고민을 하기 시작했다.

이렇게 또 한 사람과 안녕을 고해야 하는가?

이 대목에서 어떤 이들은 그럼 대화로 풀면 되지 않는가, 하는 의문을 가질 수도 있을 것이다. 또한 삶에 있어서 관계라는 문제의 중요성에 비추었을 때 그런 의문은 충분히 합리적일 것이다.

하지만 세상에는, '나 당신 때문에 불편하다.'는 말을 꺼냄으로써 또 한 번의 불편한 순간을 맞느니 차라리 그 사람과의 관계가 영영 깨져버리는 게 더 낫다는 사람들이 있다. 바로 나 같은 사람들.

그래서, 나도 어쩌면 그때 한 마디 대화조차 없이 오랜 세월 잘 지내온 사람을 영영 잃어버릴 수도 있었지만, 그 아찔했던 손절의 길목에서 나는 우리가 그간 조심스레

쌓아온 10년의 세월을 떠올렸다. 그러다 이내 나의
생각의 꼬리는 그 10년 동안 그분이 내게 보내온 성탄절
카드가 몇 장이나 되는지를 헤아려보는 데에까지
이르렀다.

　과연 성인이 되고 나서 지금까지, 아니,
태어나서 지금까지 평생 누구보다 많은 수의
성탄절 카드를 내게 보내준 사람을 이대로 대화
한 번 갖지 않은 채 떠나보내는 것이 맞는 일일까?
나는 고민했고, 그렇게 어렵사리 내 서운했던
마음을 솔직하게 털어놓은 결과는 다행히도
해피엔딩이었다.

　나의 이런 고백을 전혀 예상 못했다는 듯 그분이 놀란
눈으로 자신의 잘못을 인정하고 사과를 '해주었기' 때문에
모든 것은 제자리로 돌아왔고 관계는 전보다
더욱 돈독해질 수 있었는데 중요한 건, 이런 갈등
상황에서 이런 식의 해피엔딩은 결코 흔한 일은
아니라는 점이다.

왜냐하면 관계에 있어서 솔직함이란 결코 만병통치약이
아니기 때문인데, 그 사실을 모른 채
솔직해야 한다는 명분으로 아무 때나 내 마음을 있는
대로 드러내버리면, 관계는 오히려 종말을 고할 수도 있다.
심지어 그 대상이 가족이라 해도 말이다.

○

　사실 그때 그 자리에서 독자들이 다양한 형태의
손절에 대해 물어오고 나는 그에 적절한 답변을 해야
하는 일이 쉽지만은 않았다. 그만큼 관계에 대한 문제는
나이를 먹는다고 해서 수월해지거나 통달을 하는 것은
아니기 때문일 텐데 다만 나는 딱 하나. 질의응답 시간
막판에 조심스레 손을 들고 일어서서, 자기가 지금까지
이 사람이 이런 말 했다고 거슬려서 끊어내고, 저 사람이
저렇게 행동하면 또 그게 마음에 들지 않아 보지를 않다
보니, 외톨이가 되고 만 것만 같아 후회가 된다던 어떤
분에게만큼은 분명히 해드릴 이야기가 있었다.

나도 꼭 그분처럼, 다른 사람들을 참아내는 일이
정말이지 힘이 들어 언제부턴가 아무도 만나지 않고
아무도 없는 세상에서 혼자 살았으면 좋겠다고 생각하던
때의 이야기다.

평소 극장에 가서 영화 보는 일을 좋아하다보니 다른
이들로부터 감상에 방해를 받는 경우가 많다.
뒤에 앉아 내 자리를 발로 차는 사람. 영화가
시작됐는데도 떠드는 커플…….
그래서 한때 내 소원은 아무도 없는 극장에서 편하게
방해받지 않고 홀로 영화를 보는 것이었다.

놀랍게도 그 소원은 내 나이 마흔다섯 때 꼭
거짓말처럼 이루어지게 되는데, 〈킹스맨〉이라는
영화였다. 그 영화를 보러 밤에 혼자 동네 CGV
극장을 찾았는데 글쎄 영화가 시작됐는데도 그 넓은
상영관에 관객이라곤 오직 나 혼자밖엔 없는 게 아닌가.
세상에 이런 기적이!

그래서, 그렇게 바라던 소원이 이루어져서 나는
좋았을까? 나를 방해하고 성가시게 할 뿐인 그
에티켓이라곤 모르던 인간들이 싹 사라져버려서, 나는
그때 낙원에 있는 것만 같은 시간을 보냈을까?

뜻밖에도 그렇지가 않았다. 나를 성가시게 하던 다른
관객들이 없으면 편하고 좋을 줄만 알았는데 막상 현실이
되고 보니 아무도 없는 텅 비고 어두운 극장은 은근히
무서웠고, 이내 작은 소리만 나도 놀라 돌아보게 되는 등
도무지 영화에 집중을 할 수 없었으니 말이다.

○

인간에게 있어 타인이란 존재는 거의 절대적이다.
우리를 웃기고 울리고 화나게 하고 행복하게 하는 모든
일들이 사실상 타인으로부터 비롯되기에 그렇다.
어떤 인간도 저 스스로 태어나 혼자 힘으로 살아갈 수
없고 혼자서는 행복할 수도 없으며 삶의 의미를 가지기도

어렵다. 누구도 만나지 않고 집에서 은둔을 하고 있노라 자처하는 사람조차 자기 집 방 안에서는 아마도 유튜브를 통해 타인의 살아가는 모습을 지켜보거나, 온라인 공간 어딘가에서는 얼굴도 모르는 누군가와 대화를 나누고 있을지도 모른다.

그러니 우리를 행복하게도 하지만 너무 큰 고통까지 주는 이 타인이란 존재들을 도대체 어떻게 대해야 그들과 원만하게 어울리며 큰 어려움 없이 이 세상을 살아갈 수 있을까.

한때 친했으나 지금은 보지 않게 된 수많은 사람들에 대해 생각해 본다. 적극적이든 소극적이든 내가 행했던 그 모든 절연의 행위는 다 섣부른 것이었을까? 함께 살아가야 하는 세상에서 결코 해서는 안 될 일이었을까?
나는 인연이 소중하고 관계가 중요한 만큼 내 자신도 사랑할 수 있어야 한다고 생각한다.

누군가와의 관계를 영영 끊어낸다는 의미의 그
'손절'이라는 카드를 너무 간편하게 전가의 보도처럼
휘두르면 어느 순간, 당신 주위에는 정말로 아무도 남지
않게 되는 사태가 올지도 모른다.

　　그렇지만 그 카드를 신중하게 잘 쓰기만 한다면,
인생에서 불필요하게 상처받는 일도 줄이면서 나를
지키고 사랑하는 방식의 하나로 활용할 수 있는 것
아닐까.

　　아무리 극장에 나 말고 다른 사람들도 있어야 영화
보는 맛이 난다고는 하지만, 그렇다고 내 옆에서 영화를
보는 내내 휴대폰을 들여다보고 있는 사람까지 참을
필요는 없는 것처럼 말이다.

나무를
사랑하는

사람들

어렸을 때의 일이다. 같은 학교에 유명한 건설 회사
대표의 아들이 다니고 있었다. 어느 날 그 아이의
아버지가, 정확히는 아버지가 경영하는 회사가
뉴스에 나왔다. 강원도 쪽에 어떤 경치 좋고 숲이
우거진 산이 있었는데 기어이 그 산을 깎아 골프장과
콘도 등을 지으려 한다는 것이었다. 티비에서는 연일
피켓을 들고 개발 반대 시위를 하는 환경 보호
단체 회원들의 모습이 나왔고 아이들은 술렁였다.

그 회사 대표의 아들에게 대놓고 뭐라 하는 아이는
없었어도, 그 아이가 지나가기라도 하면 뒤에서는
많이들 수군거리고 그랬다. 아버지가 하는 일의 책임을
아들에게 물을 수는 없는 노릇이었으나, 아이들은 돈을
위해 멀쩡한 나무들을 베는 행태에 다들 분노했고
결국 그 불똥이 아들에게까지 튄 셈이었다.

선생님들도, 그런 학내 여론을 알고 있었는지 하루는
어떤 과목 선생님이 반 아이들에게 이런 말씀을 하셨던
기억이 난다.

지금 너희들이 무엇 때문에 술렁이고 있는지 선생님은
안다. 자연이 훼손되는 일에 분노할 줄 안다는 건 대단히
칭찬할 만한 일이지. 그런데 말이다.

선생님은 마치 혼잣말을 하듯 시선을 아래로 떨군 채
교단 위를 천천히 오가며 말씀하셨다.

사람이 세상을 살면서 남을 손가락질하기는 정말 쉽거든? 그런데 중요한 건 내가 그 손가락질 받는 당사자의 입장이 되었을 때에도 같은 태도를 유지할 수 있는가 하는 점이란다.

선생님은, 그래서 무슨 얘기를 하려는 것인지 영문을 몰라 하는 우리들에게 한번 빙긋 웃어 보이시더니 이내 이런 질문을 던지셨다.

너희가 이제 학교를 졸업하고 이다음에 어른이 되면 누구는 회사원이 되고 누구는 공장 노동자가 되고 누구는 회사 사장이 되어 있을 거다. 어쩌면 이 중에서 장 차관이나 옛날식 도자기를 굽는 장인이 나올지도 모를 일이지. 그런데 만약, 너희 중 누군가가 이다음에 커서 건설사 사장이 됐다고 치자. 어? 아주아주 큰 회사의 대표가 되었다고 치자고. 그런데 말이지….

아이들은 뜻밖에 길어지는 선생님 말씀에 다들 귀를

기울였고 선생님은 계속해서 말씀하셨다.

지금 내 앞에 있는 어떤 산의 저 울창한 나무들을
모조리 베어버리는 대가로 내 손에 수십, 아니 수백억
원의 돈이 쥐어진다면 어떨까.

지금 생각하면 조금 우스운 일이지만, 선생님이 그
말씀을 하셨을 때 교실 여기저기서 침이 꼴깍
넘어가는 소리가 들리는 것만 같았다. 돈이면 거의 모든
것을 할 수 있다고 믿는 세상에서 수십, 수백억이라는
액수가 주는 무게를, 그 황홀할 정도의 행복감을
아이들이라고 해서 모를 리는 없을 것이었다. 덕분에
귀를 다 쫑긋할 만큼 집중을 하게 된 우리들에게
선생님은 마침내 결정타를 날리셨다.

과연 너희라면 눈앞의 그런 엄청난 이익을 포기하고
나무를 살려둘 수 있을까? 정말 그렇게 자신할 수
있을까?

그렇게, 누구도 선뜻 네 저는 할 수 있어요, 라고 대답을
하지도 않고 그럴 수도 없을 것만 같은 분위기에서,
선생님은 이 말을 끝으로 말씀을 마치셨다.

진심으로, 나는 너희가 그런 어른으로 자랄 수 있었으면
좋겠다.

○

오래전 그때 선생님이 정확히 어떤 의도로 우리들에게
그런 질문을 던지셨는지는 지금 생각해봐도 잘은 모르겠다.
다만 나는 이렇게 이해를 했던 것 같다.
'남을 손가락질하기는 쉽다. 그러나 중요한 건 내가
손가락질하는 그런 사람이 되지 않는 일'이라고
말이다.
이후 오랜 시간이 흘렀고, 살면서 유명한 건설사
대표가 되어 자연을 훼손한 대가로 큰돈을 벌 것인가 말
것인가와 같은 고민을 할 일은 없었으므로, 나는 그때 그

일을 잊은 채로 살았다. 그런데 최근 어느 날, 조경이 잘
되어 있기로 소문난 친구네 아파트에 놀러 갔다가 나는
엘리베이터 벽에 붙어 있는 한 장의 안내문을 보고서
아득히 잊고 있던 수십 년 전 그때 그 일을 떠올릴 수밖엔
없었다.

  그 아파트에서는 부족한 주차 공간을 확장한다는
명분으로 오래된 나무들을 베고자 했는데, 내가 본
안내문은 그 일의 찬성 반대 여부를 묻는 주민 투표의
결과였다.
  내가 놀란 것은, 주차장을 만들기 위해 나무를 베는
일에 찬성을 하는 주민들은 절대 다수라 할 수 있는
80%에 달한 반면, 사람이 차 댈 곳을 마련하고자
멀쩡히 살아있는 나무를 베어서는 안 된다고
말하는 사람들은 불과 4.5%에 그쳤다는 사실이었다.

  우연히 마주친 남의 아파트의 사정 앞에서, 나는 여러
가지 생각이 들었다.

오래전 그때, 나무를 베고 산을 깎겠다는 건설사의 소식을 뉴스로 접하며 술렁이던 우리들은 이제 커서 어른이 되어 누구는 회사원이 되고 누구는 공장 노동자가 되고 누구는 치킨 굽는 자영업자가 되어 한 공간에 모여 살게 되었다.

한데 수십 년 전, 개발을 위해 베어지던 나무들을 그렇게 안타까워하고 분노하던 마음들이, 어쩌다가 이제는 나의 편의를 위해, 내가 차 댈 곳을 마련하기 위해서는 멀쩡한 나무 몇 십 그루쯤은 베어 없애도 상관없다고, 그렇게나 한마음으로 말할 수 있게 된 것인지를 생각하니 나는 수십 년 전 그때 그 선생님의 말씀을 떠올리지 않을 수 없었던 것이다.

'남을 지적하기는 쉽다. 중요한 것은 내가 그 입장이 되었을 때에도 똑같은 태도를 유지할 수 있어야 한다'는 그 말씀 말이다.

물론 막대한 금전적 이익을 위해 산 하나를 통째로

깎아버리는 일과 조금 더 여유 있는 주차 공간을
확보하기 위해 오래된 나무 여러 그루를 베는 일을
같은 선상에 놓고 이야기하는 것에는 무리가 있을지
모른다. 나 역시 늦은 밤 지친 몸을 이끌고 집에
돌아왔을 때 불안 속에 주차할 곳을 찾아 헤매는 일을
별로 좋아하지 않기에 주민들의 선택이 이해가 가지 않는
것도 아니다.

하지만, 설령 그렇다 하더라도 찬성 80%라는 수치는
너무 압도적인 결과라는 점에서 내게 충격으로
다가오는 부분이 있었다.

우리가 살면서 현실적인 필요로 인해 부득이 해서는
안 되는 어떤 일을 해야만 하게 되었을 때, 그래도
누군가는 분명한 반대의 목소리를 내는 속에서 그 일이
행해지는 것과, 이렇게 일말의 주저함도 느낄 수 없는
만장일치에 가까운 결과로 어떤 일이 진행되는 것에는
분명 차이가 있지 않을까? 그렇게 스스럼없음과 어쩔
수 없음의 사이에서 가급적 후자를 택해야, 그래도

조금의 희망이 우리에게 있다고 믿으며 살아갈 수 있는 것 아닐까? 하여 나는 내가 바로 그 후자에 속할 수 있는 인간인지를 끝내 스스로에게 물을 수밖엔 없었다.

과연 내가 그 아파트의 주민이었다면, 나는 내 편의를 마다한 채, 불편을 감수하고서라도 기꺼이 반대표를 던진 4.5% 안에 들 수 있었을까? 내가 반대한다고 해서 결과를 바꿀 수는 없다는 걸 알면서도, 나는 행동할 수 있었을까?

○

내가 사는 아파트 동 초입에는 오래되고 커다란 나무 한 그루가 서 있다. 그 나무 바로 아래에는 주민들이 내다 버린 하얗고 누런 쓰레기봉투들이 늘 가득 쌓여 있다.

오래전 누군가가 그곳을 쓰레기봉투 버리는 곳으로 지정한 뒤, 나를 포함한 수많은 주민들이 아무런 반대 없이 따랐기에 가능한 풍경일 것이다. 덕분에 뿌리부터, 어떨 때는 허리 밑까지 언제나 쓰레기들로 둘러싸여 있는 나무의 건강이 온전할 리 만무할 터.

아니나 다를까 주변에서 오직 그 나무만이 땅속에 있어야 할 뿌리가 마치 신음이라도 하듯 땅 바깥으로 나와 있는 모습을 볼 때마다, 나는 나무의 비명 소리가 들리는 것만 같아 섬뜩한 기분을 느낀다. 필시 쓰레기봉투에서 흘러나온 온갖 독소들이 나무의 숨통을 죄인 탓은 아닐지….

오늘도 그곳으로 내가 하루 내 배출한 쓰레기들을 모아 버리러 갈 때마다, 나는 친구네 아파트 엘리베이터에서 보았던 80과 4.5라는 숫자를 생각한다.

그리고 나는 내가 이미 그중 어느 한쪽을 선택했음을 깨닫는 일이 매번 괴롭다.

작가의 말

내 나이쯤 되면, 이라고 쓰려다가 멈칫한다. 과연 나와
다른 세대, 다른 나이대의 사람들이 읽기에도
적절한 표현일까?

　조금 다르게 써보기로 한다.

　내가 어렸을 때, 지금보다는 훨씬 젊으셨던
어머니는 그런데도 입에 죽겠다는 말을 달고 사셨다.

하루에도 몇 번씩, 앉았다 일어나실 때마다 어딜
나갔다 들어오실 때마다 엄마는 마루에 짐이 가득
든 바구니 같은 것들을 내려놓으시며 말씀하셨다.

"석원아, 엄마 힘들어 죽겠어."

어떨 때는 엄마가 웃으면서까지 그 말을 하셨기
때문에 어린 나는, 엄마의 그 죽겠다는 소리가 일종의
신음이거나 기합 같은 것이라고 생각한 적도 있었다.
사람이 뭔가 기운을 쓰려고 할 때 '영차–' 같은 소리를
내면서 힘을 내듯 그저 습관의 소산이 아닐까
추측한 것이다.
어리고 철이 없던 나는 엄마라는 존재가 짊어진
삶의 무게와 피로의 크기를 도무지 가늠할 수 없었기에
그랬으리라. 사람이 그렇게까지 매번 죽겠다는 소리가
나올 만큼의 상태에 도달할 수 있다는 사실을 어린
나로서는 상상으로도 하기 어려웠기에 그런 추측이
가능하지 않았을까.

그렇다. 이번에도 역시 이해의 문제다. 십 대인
자식이 사십 대인 어머니를 이해하는 것. 남자인
아들이 여자인 어머니를 이해하는 것. 결국엔,
한 사람이 내가 아닌 다른 누군가를 이해하고
짐작하고 공감하는 것.

대개는 실패하지만 때로는 얼추 성공할 때도 있는
바로 그것.

○

지난 가을 중국에서 열렸던 아시안 게임이 막 끝날
무렵. 나는 춘천의 어느 작은 서점에서 독자들을
만나고 있었다. 그때 내가 곧 나올 신작을
이야기하면서 이번 책은 처음으로 내가 아닌 다른
사람과 세상으로 시선을 돌린 작품이라 소개를 하니,
이번 책은 그래서 내게 남다른 의미를 가진다고 하니
누군가 눈을 빛내며 내게 말했다.

"오, 그럼 타인을 관찰하신 거군요!"

"아니, 아니요."

나는 서둘러 아니라고 정정했다. 관찰이라는… 그런
관음적인 종류의 수식을 붙일만한 과정을 통해 나온
글이 아니었으므로. 그렇다면 나는, 어떤 과정을 통해
어떤 방법으로 썼길래 이런 책을 써낼 수 있었던
것일까.

○

에세이란 결국 작가 자신의 이야기를 하는 글이다.
자신의 살아온 이력이나 현재 살아가는 모습이나
하고 있는 생각 등을 글로 옮기는 사람들을 그래서
우리는 에세이스트라고 부른다.

나 역시, 지난 수십 년간 에세이스트로서 글을 써온
관성대로, 이번에도 습관처럼 무슨 주제로 글을 쓰든
내 글의 시선이 '나'에게로만 향하려 할 때마다, 매번

그런 나를 붙들고선 거기가 아니라 여기, 라고
나의 시선을 바깥으로 끊임없이 돌려세워준 분들이
있었다.

분명히 말하지만 그분들이 아니었다면 이 책은 완성이
될 수도 없었고 또한 이런 모습으로 세상 빛을 보지도
못했을 것이다.

이 책에는 내가 아닌 많은 타인이 등장하지만 그들 중
다수는 나와 직접적인 관련이 없는 사람들이다. 그리고
나는 그들을 오래 지켜보거나, 소위 말하는
'관찰'이라는 행위를 통해 뭔가를 써내지는 않았다.
그저 늘 습관처럼, 본능처럼 나 자신으로만 향하던
시선을 조금 바깥으로 돌렸을 뿐이다.

사람이 살면서 매사에 생각의 중심을 자신으로
두려는 어떤 본능, 그런 어떤 오래되고 집요한
관성으로부터 벗어나는 일은 생각만큼 쉽지 않다.

때문에 작가로서 나는 무엇에 대해 말하든 나와 결부된
뭔가로부터만 의미를 찾으려 했고, 누가 됐든
그 사람이 나와 어떤 관계인지, 그가 내게 어떤 의미를
갖는 존재인지가 우선 중요했다. 그러나 이번에는 좀
다르게 쓸 수 있었던 건 다 앞서 말한 두 분 바로
이 책의 편집자 선생님들의 덕분이었다.

　그분들은 내가 글을 보내면 '작가님이 자신보다 외부를
바라보며 고민하신 흔적이 잘 드러나 있어 좋았다.'
와 같은 말들을 내게 해 주었고, 덕분에 나는 이 책을
통해 내 꿈이 아니라 남의 꿈에 대해, 내 사정이
아니라 남의 사정에 대해, 내 고통만이 아니라 남의
고통에 대해서도 말할 수 있게 되었다.
　그리고 두말할 것 없이, 그 점이 이 책을 나의 다른
책들과 구분짓게 하는 결정적인 요소가 되어 주었다.

　하여 독자들이 타인을 함부로 규정하지 않고, 세상의
이면을 바라볼 줄 아는 시선을 이 책에서 조금이라도

느낀다면, 그건 모두 두 분 편집자의 덕임을 재차
밝혀두고 싶다.

○

한편, 엄마가 왜 그렇게 죽겠다는 소리를 많이
하는지 이해를 할 수 없어 하던 자식은 수십 년이 지나
어머니의 그 나이가 되어서야 비로소 그 이유를 짐작
할 수 있게 되는데…

다른 이유는 없었다.
어느새 나는 내가 그토록 싫어했던, 하루에도 몇
번씩 '아이고 죽겠다.'는 소리가 정말이지 습관처럼
나오는 오십 대가 되어 있었기에 가능한 일이었다.

사람이 다른 사람에 대해 그 어떤 작은 이해 하나를
하는 데에도 이렇게나 긴 시간이 걸린다는 점에서,
그것도 본인이 비슷한 처지가 되어야만 겨우 가능하다는

사실은 언제나 나를 긴장시킨다. 그래서 모쪼록 앞으로 나의 글들이, 또 내가, 타인을 헤아리는 마음가짐이 좀 더 사려 깊어지기를 바랄 수밖엔 없게 된다.

아무도 만나지 않고 집에 틀어박혀 홀로 글만 쓰며 살아도, 타인과 접촉을 아예 하지 않을 도리는 없기에 여전히 '남'들을 어느 정도는 이해하지 않으면 안 된다.

나 역시 타인으로부터 최소한의 이해조차 받지 않으면 세상을 살아갈 수 없는 건 마찬가지다.

결국 이해라는 게 우리 인간에게 그렇게나 산소처럼 중요하기에, 그 중요하고 어려운 일을 해내는 데 있어서 섬세함이란 덕목이 꼭 필요하기에, 이 책이 독자들께 적어도 그런 점에서 조금이나마 도움이 되기를 바라며 이만 글을 맺을까 한다.

○

마지막으로 책의 처음부터 끝까지 그야말로
헌신적으로 나를 이끌어 주신 양예주 편집자님. 그
과정에서 글을 거진 같이 쓰다시피 해주신 장보라
팀장님께 무엇보다 감사드린다.

또한 애초에 모종의 사연으로 이 책을 쓰길 포기
했을 때, 별것 없는 내게 다시 한번 같이 해보자고
붙들어 주신 위즈덤하우스의 한수미 본부장님께도
감사드린다.

책을 쓰는 과정에서, 아직은 성근 원고를 보시고
여러 좋은 말씀들로 도움을 주신 위즈덤하우스
직원 여러분들과 책을 예쁘게 잘 만들어주신
형태와내용사이 홍지연 실장님께도 감사를
드린다.

늘 행복을 비는 장지희, 그리고 여전히 책과
씨름하며 학구열을 불태우는 어머니, 변함없이
나와 한화 이글스의 경기를 함께 시청하실 아버지,
사랑과 몰이해와 기쁨과 슬픔이 언제나 공존하는

내 가족들, 많지는 않지만 친구들, 그 외 감사한
분들께 언제나 감사하고, 무엇보다 귀한 돈을 내고
이 책을 사서 읽어주고 계실 독자들께 깊이
감사드린다.

모두의 몸과 마음의 평화를 기원하며.

2023년 11월 이석원 드립니다.

어떤 섬세함

초판 1쇄 발행 2023년 11월 27일
초판 5쇄발행 2024년 2월 1일

지은이 이석원
펴낸이 이승현

출판1 본부장 한수미
와이즈 팀장 장보라
디자인 형태와내용사이
사진 이석원

펴낸곳 ㈜위즈덤하우스 **출판등록** 2000년 5월 23일 제13-1071호
주소 서울특별시 마포구 양화로 19 합정오피스빌딩 17층
전화 02) 2179-5600 **홈페이지** www.wisdomhouse.co.kr

ⓒ 이석원, 2023

ISBN 979-11-7171-057-7 03810

· 이 책의 전부 또는 일부 내용을 재사용하려면 반드시 사전에 저작권자와 ㈜위즈덤하우스
  의 동의를 받아야 합니다.
· 인쇄·제작 및 유통상의 파본 도서는 구입하신 서점에서 바꿔드립니다.
· 책값은 뒤표지에 있습니다.